마침내,
안녕

마침내, 안녕

유월 지음

서사원

차례

#1 가사조사관 —— 007

#2 아이는 늘 어른들을 용서한다 —— 014

#3 요란한 법원 생활 —— 029

#4 건강한 감자 —— 043

#5 가장 가까운 타인, 가족 —— 056

#6 안일함의 무게 —— 060

#7 우진과 무헌 —— 068

#8 사랑의 형태 —— 076

#9 도연의 첫 번째 직업 —— 081

#10 탈주하는 기차 —— 096

#11 두 사람의 거리 —— 120

#12 스산한 시절 —— 124

#13 로봇 티셔츠를 입은 남자 —— 136

#14 바람이 지나가는 자리 —— 152

#15 지도와 영토 —— 161

#16 한여름 밤의 우진 —— 170

#17 우리는 동료니까 —— 178

#18 지원과의 재회 —— 187

#19 너무 가까워 보이지 않는 것들 —— 192

#20 마침내, 안녕 —— 200

#1
가사조사관

"앞으로 여러분이 만날 당사자 중에 웃는 얼굴은 없을 거예요. 기대에 차서 법원에 오는 사람들은 개명 신청한 사람들뿐인데 우리는 그들을 만나지 않아요. 여러분이 대면해야 하는 이들은 대체로 화가 났거나 우울하죠."

머리카락 한 올도 남김없이 올려 묶은 강사는 웃는 얼굴로 협박하는 영화 속 빌런을 떠올리게 했다. 몇 주째 이어지는 지루한 신입 교육 덕분에 법원 생활에 대한 기대감을 제로로 만들어두었음에도 강사는 남은 기대조차 탈탈 털어냈다.

오전 9시 반부터 오후 5시 반까지, 도연은 모국어를 알아듣지 못해 새로운 언어를 배우는 정도의 에너지를 그러모아야 했다. 그러다 보면 눈과 귀가 제 기능을 하지 못하고 고장이 났다. 기초적인 내용이라 이 정도는 알아들어야 한다는 민법 교수의 말에 가물거리던 눈이 뜨였다. 주변에 비슷비슷한 표정의 동기들을 둘러보며 도연은 자신만 멍청이가 아니라는 사실에 내심 안도했다.

교육생들은 점심 식사를 마치면 단 몇 분이라도 눕기 위해 좀비처럼 방으로 기어 들어갔고, 수업이 끝나면 갑자기 불이 켜져 당황한 바퀴벌레같이 기숙사로 스스스 흩어졌다. 이 낡은 교육장에서 온 힘을 다하는 건 달달 떨리는 오래된 온풍기뿐이었다.

이혼, 재산분할과 위자료, 친권자와 양육자 지정, 양육비와 면접교섭…. 어떤 문제든 갈등을 해결하지 못한 부부에게 남은 건 이혼소송뿐이었는데, 그들은 소송만 끝나면 결혼 생활로 망쳐버린 자신들의 인생이 리셋되리라 믿었다. 부부가 법정에서 다투거나 어느 한쪽이 제대로 변론하지 못하면 판사의 판단에 따라 가사조사관이 개입했다. 좁고 답답한 조사실에 당사자들을 불러다 그들의 내밀하고 퀴퀴

한 속내를 들여다보는 게 조사관의 일이었다. 병원에서 임상심리사로 일했던 도연에겐 익숙한 일이기도 했다. 사실 도연이야말로 낡아빠진 공무원 생활로 인생을 다시 평범하게 리셋하고 싶었다.

×××

점심시간이 한 시간 반인 줄 알았다. 늘 11시 반에 식사하고 1시에 사무실로 돌아왔으니까. 슬렁슬렁 오전 업무를 마친 이 사무관이 자리에서 일어나면 동옥이 영신에게 눈짓했고 도연은 선이와 함께 뒤따라갔다. 눈치와 눈치가 도미노처럼 촘촘하게 서 있었다. 음식을 입안 가득 밀어 넣은 채 직원들의 사생활, 아들 성적, 연예인 가십까지 주제를 가리지 않고 떠드는 이 사무관의 식사 속도는 도무지 따라갈 수 없었다.

이 사무관이 식사를 마친 후 등받이에 팔을 걸치고 의자에 기대면 도연은 전투적으로 입안에 밥을 욱여넣었다. 다 먹지 못하고 숟가락을 내려놓은 날에는 음식 남기면 못쓴다는 잔소리가 돌아왔다. 몇 번 체한 후에는 식판의 절반도 안 되는 양만 담았는데, 이 사무관은 못마땅한 듯 도연의 식판을 훑었다. 그렇게 먹으니까 히마리가 없다거나, 편식해서 깡말랐다거나 도연의 얼굴 위로 아무 말이나 쏟아냈다. 밥을 싹싹 비운 동옥에게는 여자가 그 많은 밥을 다 먹으니 배가 나오는 것 아니냐는 둥, 키는 작은데 몸통이 굵어 공이 굴러가는 것 같다는 둥 어떤 식으로든 입을 댔다. 그리고 마지막에는 지금까지 지껄인 말을 덮는 '매직워드'가 등장했다. 농담이야, 농담. 이 사무관이 질척한 웃음을 터뜨리면 동옥도 따라 웃었다. 동옥의 웃음에는 익숙한 패배감이 흘렀다.

무례한 말이 아무렇게나 튀어나오는 것도, 그 말을 고스란히 맞고만 있는 것도 신기했다. 이 사무관에게 야, 백도연이라고 불렸을 때만큼 이질적인 느낌이었다. 법원이라는 조직에서 처음 대면하는 모든 상황은 대체로 그랬다.

식사를 마치면 이 사무관은 입을 쩝쩝거리며 어딘가로 사라졌고 조사관들끼리 모여 2차가 시작되었다. 정해진 코스처럼 매번 같은 카페에 둘러앉아 새로운 가십거리나 뒷담화 할 이들을 부지런히 찾아다녔다. 연차가 가장 높은 동옥의 대화 점유율이 제일 높았고 그다음 연차인 영신은 리

액션을 담당했다. 입사 동기인 선이와 도연은 고개나 주억 거리는 그림자였다. 동옥은 자신의 존재감을 과시하듯 주변의 시선을 아랑곳하지 않은 채 목소리를 높였다. 동옥의 높고 가는 목소리가 카페 구석까지 쨍쨍하게 울릴 때면 꼭 강아지가 영역 표시를 하는 것 같았다. 동옥에게는 이 사무관에게 짓밟힌 자존심을 회복하는 시간이었다.

카페에서 조사관들과 마주 앉는 일은 조사실에서 당사자를 마주하는 것과 별반 다르지 않았다. 당사자들은 자신의 모든 감정을 이해받기 위해 쉬지 않고 말했는데, 눈물까지 터지면 감정이 잦아들 때까지 기다리는 수밖에 없었다. 눈물, 콧물, 말…. 인간의 몸 밖으로 나오는 것들은 하나같이 왜 이렇게 요란할까. 하지만 그것까지가 모두 조사에 포함된 일이라는 걸 도연은 매일 체감하고 있었다.

"야, 백도연! 무슨 생각을 그렇게 해."

동옥의 말에 도연은 엿가락처럼 늘어진 정신을 주워 담았다. 시곗바늘이 드디어 12시 55분을 가리켰고 도연은 트레이 위에 빈 머그컵들을 올렸다. 자리에서 일어나던 영신은 매번 커피값을 번갈아 내는 것보다 회비를 걷는 게 어떻겠냐고 제안했다. 동옥이 반색하며 매달 10만 원씩 내면 되겠다고 맞장구를 쳤다. 도연은 선이의 얼굴을 슬쩍 쳐다봤다. 늘 웃는 얼굴로 속내를 감추는 선이에게서는 어떤 아군의 낌새도 느껴지지 않았다.

"죄송한데… 저는 이사하면서 예상치 못한 비용이 꽤 들어서 매달 10만 원씩 내는 건 좀 부담스러워서요. 조사관님들끼리 커피 드시고 제가 합류하면 제 커피값은 따로 낼게요."

도연은 동옥이 덜 바빠 보이는 틈을 노려 말했다. 제법 그럴듯한 핑계였다. 아무리 동옥이라도 여기에 반격할 카드는 없어 보였다.

"우리가 점심시간에 수다나 떠는 것처럼 보이겠지만 이게 다 업무의 연장이야. 카페에서 사건 얘기하면서 방법을 찾기도 하잖아요. 같이 가는 게 좋을걸? 돈 부담되는 건 우리가 생각해볼게요."

반말과 존댓말을 대충 버무린 동옥의 말이 배 속에서 미끌거렸다. 도연은 자리로 돌아와 한숨을 토했다. 입사 후 도연이 가장 자주 느끼는 감정은 무력감이었다. 이곳의 불합리함은 누구도 바꿀 수 없고, 어떤 조직이든 다 조금씩은 이상하기 마련이니 결국은 내가 적응해야 한다는 무력감.

사회적 동물로서 최소한의 본능이라도 깨워서 적응해야 하는 게 도연이 해야 할 일이었다. 적당히 일하고, 적당한 만큼만 관계를 맺으며 살고 싶다는 유일한 의지이자 목표는 번번이 시험에 들었다.

"신규는 50퍼센트 할인해서 5만 원만 받기로 했어요."

얼마 지나지 않아 영신이 귓속말로 대단한 기밀을 다루듯 전달했다.

"동옥 조사관님이 하자는 거 웬만하면 그냥 해요. 말 보태봤자 조사관님만 힘들어져요. 선이 조사관님도, 나도 그냥 하잖아요."

도연은 반박하지도, 그렇다고 동의하지도 못했다. 그러게, 그냥 하면 되는데. 너무 쉬워 보이는 이 말만큼 도연에게 기만적인 것도 없었다.

#2 _____

아이는 늘
어른들을 용서한다

조사실이 삭막하다는 민원에 큰 화분 하나를 들이자 가득이나 좁은 공간이 더 좁아졌다. 의미도, 이름도 고루한 행운목은 이곳과 어울리지 않았다. 행복과 행운이라니, 무책임한 낭만이었다. 도연은 책상 위의 소장을 집어 들었다.

별거한 지 10년,

이혼한 지 2년,

다시 양육비를 받기 위한 소송.

40대 후반의 남자는 손가락뼈가 그대로 드러나 보일 만큼 마르고 안색이 좋지 않았다. 거뭇한 수염 아래 바짝 마른 입술 사이로 굵직한 목소리가 흘러나왔다.

"애 엄마가 가출해서 저 혼자 10년을 키웠습니다. 아이가 학교생활도 잘하고 착해서 주변에서 칭찬이 자자해요. 아이가 커갈수록 부담도 커져서 이제라도 아이 엄마에게 양육비를 받아야겠습니다."

탁한 눈과 떨리는 손은 만성적인 음주의 증거였다. 남자의 입과 몸에서는 오래 묵은 알코올 냄새가 났다.

남자와 조사를 마무리할 무렵 조용한 노크 소리와 함께 문이 열렸다. 조그마한 여자가 모습을 드러냈다. 남자의 표정이 굳어지며 순식간에 팽팽한 긴장감이 조사실을 휘감았다. 날카로운 시선이 여자에게 날아가 꽂혔다. 도연은 서둘러 남자와의 조사를 마무리하고 이후 절차를 설명했다. 자리에서 일어선 남자는 모든 신경을 차단한 듯 여자를 무시하고 지나쳤다. 여자는 온몸이 굳은 채 그대로 한참을 서 있었다.

"아이 아빠는 혼인 기간 내내 술에 취해 있었어요. 술을 마시면 습관처럼 때렸고요. 아이 때문에 참고 살았지만 깨진 맥주병을 제 목에 들이대는 걸 보고 이렇게 있다간 죽을 수 있겠다 싶어 가출했어요. 아이가 너무 보고 싶었지만 아이 통해서 남편이 찾아올 것 같아 연락도 못 했어요. 2년 전에 이혼소송 할 때에도 아이 아빠를 대면하는 것조차 무서워서 그쪽에서 원하는 대로 다 맞추겠다고 했거든요. 아이 만나는 건 엄두도 못 냈고요."

여자는 여전히 긴장한 표정으로 문 쪽을 힐끔댔다. 20분 정도 지났을 무렵 조사실 전화기가 울려 양해를 구하고 전화를 받았다. 조금 전 퇴실한 남자였다.

"애 엄마 조사 중이죠? 오늘 아들과 같이 왔는데 아들이 대기실에서 그 사람을 봤나 봐요. 인사…하고 싶다는데요…"

남자가 석연치 않은 말투로 말했다. 목소리를 눈치챈 여자의 눈동자가 흔들렸다.

"아이가 인사하고 싶다는데… 어떻게 할까요?"

여자는 손수건으로 입을 막았지만 흐르는 눈물까지 어쩌지는 못했다.

"이준이… 만날 수 있을까요?"

그러면서도 여자는 한참을 주저했다. 도연은 잠시 기다

리라고 말하고 조사실 밖으로 나왔다. 아이는 남자 옆에서 손가락을 만지작대다가 도연을 보자 자리에서 일어나 허리 굽혀 인사했다. 초등학교 3학년인 아이는 또래보다 키가 작았고 얼굴부터 눈, 코, 입까지 동글동글했다.

"너만 괜찮으면 오늘 엄마 만날 수 있는데, 선생님이 엄마랑 얘기 나눌 동안 조금만 기다려줄 수 있어?"

아이의 눈이 반짝 빛났다. 조사실에서 여전히 흐느끼고 있는 여자에게 조사 날짜는 다시 정하겠다고 알렸다.

"지금 만나는 이준이는 전혀 다른 아이일 수 있어요. 예전에 알던 기질과 성격이 아닐 수도 있다는 거예요. 저한테 말씀하신 것처럼 집 나온 이유 같은 건 말하지 않는 게 좋아요. 이준이에게는 아빠가 양육자니까 아빠가 다 마음에 들지 않더라도 다른 사람이 아빠 험담하는 건 싫을 수 있어요. 이해하셨죠?"

여자가 고개를 끄덕이며 손수건으로 눈물을 닦았다.

"여기서 우는 건 괜찮은데 이준이 앞에서는 울지 마세요. 힘들다는 거 알지만 그래도 참아봐요. 엄마가 울면 이준이도 슬퍼요."

여자는 고개를 끄덕였지만 울지 않을 수 없다는 걸 도연도, 여자도 알고 있었다. 빈 상담실에 불을 켜고 방석 두 개를 나란히 두었다. 아이를 상담실에 들여보내고 남자에게 괜찮겠냐고 물었다. 아이가 원하니까 만나야 하지 않겠냐는 말에 약간의 서운함과 체념이 묻어났다. 도연은 관찰실에서 엄마와 아이가 손을 꼭 잡은 채 입이 작게 열렸다 닫히는 모습을 한참 지켜보았다.

"엄마랑 무슨 이야기 했어?"

자세를 낮추고 아이에게 시선을 맞추며 물었다.

"엄마가 계속 미안하다는 말만 해서…."

아쉬움이 가득했다.

"이준이가 엄마에게 하고 싶었던 말은 뭐야?"

"보고 싶었다고요. 엄마 얼굴… 상상만 했거든요."

여자는 미안하다는 말만 반복했다. 그 외에는 모든 말을 잃어버린 사람처럼.

"엄마… 저 엄마 미워한 적 없어요. 그러니까 미안해하지 마세요."

아이가 조심스럽게 마음을 전했다.

"오늘 이준이가 용기 내서 엄마 만날 수 있었던 거야. 아빠한테 전화해달라고 말하기 힘들었을 텐데 엄청 용기 냈네. 그 정도로 엄마가 보고 싶었던 거지?"

아이는 고개를 천천히 끄덕였다. 그러고는 감사합니다, 나직이 인사했다. 도연은 허리 숙여 인사하는 아이의 모습을 보며 저 작은 아이의 속이 얼마나 깊을지 가늠할 수 없었다. 아이는 엄마를 만나는 동안 환히 웃지도, 울지도 않았다. 좋은 감정이든, 싫은 감정이든 꾹꾹 누르는 게 익숙해 보였다.

엄마는 앞으로도 아이를 따로 만나고 싶어 했지만 남자가 허락할 리 없었다. 남자는 엄마가 아이를 데려갈 것이다, 학교에서 엄마 없는 애라고 놀림당할 때도 혼자 다 해결했는데 이제야 엄마 노릇을 하는 거냐, 양육비라도 줘야 하지 않냐며 흥분했다.

"이준이와 엄마에게 시간을 좀 주면 어떨까요. 양육하지 않는 부모가 자녀와 만나는 걸 면접교섭이라고 하는데요. 법원에서 센터를 만들었으니 외부에서 만나기 전에 센터에서 만나면서 상황을 지켜보는 거예요."

도연은 남자와 여자에게서 면접교섭센터 이용에 동의한다는 사인을 받았다. 아이가 없는 공간에 남겨진 두 사람은 말도, 눈빛도 섞지 않았다. 묵직한 침묵만이 두 사람을 짓눌렀다.

도연은 남자와 돌아가는 아이의 뒷모습을 지켜보았다. 엄마 없는 애라는 놀림을 묵묵히 견디는 아이, 늦는 아빠를 홀로 기다리는 아이, 술 취해 들어온 아빠를 돌보느라 아빠보다 더 늦게 잠드는 아이, 주민 센터에서 지급되는 몇 가지 반찬으로 혼자 식사를 하는 아이, 떨리는 손으로 밥 차리는 아빠를 보는 아이, 술 마시는 아빠가 싫지만 그럼에도 불구하고 세상에서 아빠가 제일 좋은 아이, 얼굴도 모르는 엄마를 그리워하는 아이. 자신의 삶을 무던히 받아들이는 아이가 너무도 어른 같았다. 그 용감함이 애잔해서 도연은 아이의 뒷모습이 사라질 때까지 오랫동안 바라보았다.

두 번째 조사 기일에 나타난 여자는 한참을 망설이다 입을 열었다.

"조사관님, 제가 곧 재혼해요. 그 사람은 아이의 존재나 저의 이혼 상황을 몰라요. 이준이에게 정말 미안하지만 저도 제 인생을 살아야죠. 양육비는 제가 어떻게든 마련할 테니까 면접교섭은 그만했으면 좋겠어요."

10년 만에 만난 엄마가 아이에게 허락한 시간은 겨우 두 달이었다. 모두를 위한 해피엔딩은 동화 같은 기대라는 걸 도연도 안다. 아이 때문에 이혼하지 않는다는 것도, 아이를 위해서 이혼한다는 것도, 모든 게 아이를 위한 선택이라는 것도, 사실은 이혼이라는 문제에 직면하기 두려워 방패로 삼은 말인 경우가 많았다. 그러나 아이는 늘 어른들을 용서한다. 나쁜 부모조차 세상에 기댈 곳은 그들밖에 없으니까. 이준이는 엄마를 얼마나 오랫동안 용서할 수 있을까. 도연은 아이의 얼굴이 아득해졌다.

×××

도연이 만난 사람들은 저마다 흔적을 남겼다. 어떤 일에도 동요하지 않으려는 결심은 매일매일 허물어졌다. 절절한 생의 조각이 마음 위에 던져지면 그 무게만큼 파문이 일었다. 마음에 잠기는 돌멩이들을 꾹 삼키며 이 모든 게 조악한 농담 같다고 생각했다. 일상의 반경이 작은 도연은 하루가 끝날 때쯤이면 기진맥진해졌다. 완전한 고요함이 그리웠다.

익숙한 퇴근길을 천천히 걸어 아파트 입구에 놓인 빈 벤치에 앉아 핸드폰을 열었다. 사위가 점점 어두워지는 것을 느끼며 긴 통화음을 견디자 단단하고 묵직한 목소리가 들려왔다.

"교수님, 백도연입니다."

도연은 대학원을 졸업한 해에 대학병원에서 임상심리사가 되기 위한 수련을 시작했다. 입사 후 인사하며 딱 한 번 만났을 뿐인 민 교수는 회식이나 회의에 참석하지 않았고 방 밖을 나서는 일도 좀처럼 없었다. 당시 수련생이었던 도연은 깨진 도자기에 물 붓는 것 같은 심정이라 눈에 보이지 않는 사람까지 신경 쓸 여력이 없었다. 민 교수를 의식한 건, 후배가 민 교수 방을 다녀올 때마다 혼자 해결할 수 있는 일로 자꾸 부른다며 불편한 기색을 드러냈을 때였다.

민 교수를 두고 고작 일주일에 몇 번 정신분석 치료나 하는 의사라는, 출처가 불분명한 말이 들렸다. 진료실도 부족한데 병원 수익에 도움이 되지 않는 의사가 방 하나를 사용하는 것에 대해 일부 사람들은 불만을 드러내기도 했다.

슈퍼바이저가 민 교수 방에 잠시 다녀오라고 일렀을 때, 도연은 민 교수 방 위치를 몰라 슈퍼바이저에게 다시 확인해야 했다. 오른쪽 복도 제일 안쪽 방문을 노크하자 네, 하고 작은 목소리가 들렸다. 조심스럽게 문을 열자 민 교수가 자리에서 일어나 번거롭게 해서 미안하다는 말부터 꺼냈다. 도연은 아직 아무런 부탁도 받지 않았기에 어떻게 반응해야 할지 몰라 어색하게 웃었다.

민 교수가 건넨 포스트잇에는 정신분석 관련 서적 세 권이 정성스러운 글씨체로 적혀 있었다. 도연이 자리에 선 채로 핸드폰으로 인터넷 서점 앱을 열어 책을 주문하는 동안 민 교수는 티포트에 차를 우려냈다. 책값보다 더 많은 금액을 현금으로 건네받은 도연은 더해진 금액을 다시 테이블 위에 올려두었다.

"많이 바쁘지 않으면 잠시 차 한잔하세요. 부탁을 들어준 게 고마워서 그래요."

도연은 엉거주춤 소파에 앉아 차가 우러나는 모습을 지켜보다가 방을 둘러보았다. 책장을 가득히 채운 책과 컴퓨터 외에 다른 물건은 거의 없는 소박한 공간이었다.

"임상심리실에서 근무하는 백도연 선생이죠?"

교수가 차를 따르며 물었다. 한 번 인사한 것이 전부인 일개 수련생의 이름을 기억하는 것에 놀라 대답이 늦어졌다.

"심리실 선생님들에게 항상 고맙고 미안해요. 늙은이가 책 욕심은 많은데 서점까지 가기 힘들고 컴퓨터는 익숙하지 않아서 이렇게 매번 바쁜 사람들을 귀찮게 하네요. 미안한 마음에 커피라도 사 마시라고 돈을 조금 보태는데 다들 괜찮다고 거절해서 내가 줄 수 있는 게 별로 없어요. 이렇게 차라도 대접할 수 있으면 다행이고."

교수의 얼굴에는 은은한 미소가 배어 있었다. 초반에는 레지던트가 불려 왔고 지금은 심리실 수련생이 책 주문을 맡게 된 모양이었다.

도연은 재스민차의 향을 음미하며 천천히 마셨다. 교수의 방에는 묘한 기운이 감돌았다. 두 사람은 대화보다 침묵이 더 길었는데 처음 마주한 자리에서도 어색함이 없었다. 이후로도 민 교수는 같은 이유로 몇 차례 수련생을 불렀고 대체로 1년 차가 다녀왔지만 때로 도연이 가보겠다며 먼저 나서기도 했다. 늘 책 주문뿐이었으니 어려운 일도 아니었다.

책 주문을 마친 후에는 의식처럼 교수와 함께 차를 마셨다. 교수가 따라 준 차를 다 마실 때까지 말없이 앉아 있다가 오늘도 잘 마셨습니다, 하고 돌아왔다. 그 짧은 침묵 속으로 도연은 잠시나마 도망칠 수 있었다. 서로에게 걱정을 끼칠 만한 문제나 삶의 고단함 같은 건 나누지 않았다. 찻잔에 든 차처럼 맑고 잔잔한 순간들만 일렁였다. 수련을 마치고 같은 대학병원에서 일하게 되었을 때도 비슷한 일상이었다. 언니 일이 있기 전까지는. 언니의 사고 후 도연은 몸과 마음을 돌볼 여유가 없었다. 스스로 어떤 상태인지 알아차리지 못할 정도에 이르렀을 때 민 교수에게 짧은 메일을 받았다.

스스로 해결할 수 없는 일들이 종종 일어납니다.
누구의 탓도 아닌, 그냥 발생하는 일들 말입니다.
지금이 그런 때가 아닌가 싶습니다.
혼자 견디는 것보다 도움을 받아보는 게 어떨까요?

마음을 눌러 담은 네 줄이었다. 아래 적힌 연락처로 주저 없이 전화를 걸었다. 심리치료 예약을 부탁하며 이름을 말하자 민 교수에게 미리 연락을 받았다며 최대한 이른 날짜로 지정하겠다는 대답이 돌아왔다. 그렇게 심리치료를 시작했고 누구에게도 인사하지 못한 채 사직서를 쓰고 병원을 나왔다. 1년 동안 치료를 받으며 천천히, 조금씩 회복되었고 그제야 민 교수가 생각났다. 고맙다는 인사를 전하고 싶었으나 마땅히 병원에 물어볼 사람도 없었고 누구도 교수의 연락처를 알지 못했다.

문득 인터넷 서점에서 책을 주문한 게 생각나 앱을 열어 교수의 번호를 찾았다. 왜 진작 이 생각을 못 했을까. 제법 시간이 흘러 그사이에 핸드폰 번호가 바뀌었을 수도 있었지만 그렇다고 해도 어쩔 수 없었다. 숫자를 몇 번 확인한 후 통화 버튼을 눌렀다.

"오랜만이네요. 반가워요. 잘 지냈나요?"

번호를 알지 못해 책 주문할 때 입력했던 번호로 연락드렸다고 말했다. 교수는 귀찮기만 했을 책 주문이 오작교 역할을 한 거냐며 웃었다. 목소리만으로도 교수의 은은한 표정이 그려졌다.

"교수님이 메일 주신 덕분에 심리치료 잘 받았습니다. 인사가 많이 늦었습니다. 감사하고 죄송해요."

"도움이 되었다니 다행입니다. 치료할 때 쓰라고 병원에서 준 컴퓨터인데 백 선생에게 메일 보낼 때나마 의미 있게 사용했네요."

그마저도 레지던트에게 메일 작성법을 물었겠지. 바쁜 사람에게 이런 부탁을 해서 미안하다고 사과도 잊지 않으셨겠지. 겨우 네 문장을 쓰기 위해 인트라넷에 접속하고, 메일 창을 띄우고, 한 글자씩 신중하게 키보드를 누르고 전송하기까지, 사소하지만 결코 사소하지 않았을 모든 시행착오를 떠올렸다. 교수의 방에서 그랬던 것처럼 통화할 때에도 말이 드문드문 이어졌다. 전화로도 어색하지 않은 침묵이 흘렀다.

"오랜만에 전화한 걸 보니 오늘 좀 힘든 날이었나 봐요?"

민 교수의 말에 긍정도 부정도 하지 못한 채 잠자코 핸드폰만 들고 있었다.

"백 선생은 잘 해왔고 지금도 잘하고 있어요. 그걸 의심하지 말아요. 그 생각이 흔들릴 때면 전화해요. 내가 매번 얘기해줄게요."

민 교수의 말이 도연의 마음에 찬찬히 담겼다.

"그런데 백 선생, 잘 안 해도 돼요."

도연은 다음에는 좋은 날에 전화하겠다는 지키기 어려운 약속을 하고 전화를 끊었다. 어렵게 전화번호를 찾아내어 기껏 연락했지만 교수의 안부조차 제대로 묻지 못했다는 걸 전화를 끊고 나서야 알았다. 여전히 병원에 계시는지, 건강은 괜찮은지, 마음은 괜찮은지 아무것도 묻지 못했다.

#3
요란한 법원 생활

토요일, 한 해의 무탈함을 기원하는 시산제가 열렸다. 근무 시간이 칼같이 보장되는 게 공무원의 최대 장점이 아니었나. 도연은 공무원이라는 세계에 또 한 번 배신감을 느꼈다. 좁아터진 관광버스 안에서 김밥과 음료를 나누느라 부산을 떨고 있는 총무과 실무관을 보니 도연은 벌써 속이 부대꼈다. 옆자리에 앉은 선이는 김밥을 한가득 베어 물어 양볼이 복어처럼 불룩했다. 마른 몸이 어떻게 유지되나 싶게 선이의 식욕은 언제나 왕성했다. 뭐든지 다 아무렇지 않게 소화하는 선이가 도연은 새삼 신기했다.

"목적지가 어디래요?"

선이가 김밥을 싸고 있던 포일을 구기며 물었다.

"그게 무슨 의미가 있나요. 버스가 서면 내리고 선발대 따라서 올라가면 정상이 나오겠지."

도연은 의자에 기대어 눈을 감았다.

마흔 명의 직원을 실은 버스가 고속도로에 오르자 실무관이 통로로 나와 마이크를 켰다. TV에는 화려한 색깔로 덮인 노래방 화면이 깜박였다.

"제가 먼저 시작하겠습니다. 첫 곡은 우리 법원이 부르면 언제든 달려가겠다는 의미를 담아서!"

직원들이 하나둘 일어났다. 당신이 부르면 달려갈 거야 무조건, 무조건이야. 불룩한 배를 내밀고 짧은 팔과 다리를 흔들며 오두방정을 떠는 이 사무관을 피해 고개를 돌리다 선이와 눈이 마주쳤다.

"자리 바꿔줄까요? 보아하니 입사 순서대로 노래할 것 같은데."

"시켜도 안 할 거예요."

도연은 이미 몸을 반쯤 일으킨 선이와 자리를 바꿨다. 선이는 복도에서 춤추는 직원들을 바라보다가 동영상 촬영

버튼을 눌렀다. 언젠가 이 만행을 폭로할 거라며 괜한 오기를 부리는 동안 노래와 춤과 환호가 고속버스 안의 공기를 데웠다. 도연은 끝내 이 사무관의 손에 끌려 나가는 선이를 보며 질끈 눈을 감았다.

입사 후 도연은 선이와 함께 등산, 워크숍 등 모든 행사에 참석했다. 법원 전체, 팀, 부서, 원장 동반, 국장 동반, 과장 동반 회식이 매달 한 번 이상 있어서 일하는 체력보다 행사에 참여하기 위한 체력이 더 필요했다. 입사한 곳이 법원인지, 이벤트 회사인지 헷갈릴 지경이었다. 하지만 선배들은 도연과 선이에게 모든 일을 맡긴 채 신경 쓰지 않았다.

얼마간 요란한 소리가 이어지다 버스가 속도를 줄였다. 슬쩍 눈을 뜨자 거대한 주차장이 나타났다. 등산로 입구에서 실무관이 바나나와 초콜릿, 비스킷 몇 개, 물이 담긴 지퍼 백을 나눠주었다. 모두 말 잘 듣는 초등학생들처럼 나란히 줄 맞춰 서서 지시에 따라 준비운동을 하고 천천히 산에 올랐다.

묵묵히 걷던 도연은 점점 뒤처지기 시작했고 문득 고개를 들어보니 주변에 아무도 없었다. 그때 멀리 실무관의 형광 연두색 등산복이 눈에 들어왔다. 이런 등산복을 교복처럼 입고 가는 데에는 다 이유가 있구나. 도연은 어른들의 등산복 차림을 그제야 납득했다. 두 시간 남짓 헉헉대며 산길을 오르자 납작한 바위 위에 앉아 개운한 얼굴로 물을 마시는 실무관이 보였다.

"올라올 땐 힘들어도 역시 정상에서 보는 풍경은 너무 좋죠?"

도연은 바위에 걸터앉아 생수병 뚜껑을 열며 겨우 고개를 끄덕였다.

후발대까지 모두 도착하자 마이크가 켜지며 시산제가 시작되었다. 돼지머리를 대체한 빨간색 돼지 저금통을 향해 원장과 부장판사, 국장과 과장이 차례로 절을 했다. 공무원이 보수적인 조직인 건 알았지만 이 정도일 줄은 몰랐다. 대한민국에서 내로라하는 대학을 나온 소위 엘리트라는 사람들이 산에 모여 돼지 저금통에 절하는 모습이라니.

수육과 김밥으로 식사를 마치고 하산 준비를 하라는 총무과장의 말에 아무렇게나 놓아둔 배낭을 집어 다시 어깨에 멨다. 올라올 때보다 내려가는 발걸음이 가벼웠다.

"뭐, 오랜만에 등산하니까 좋네."

공기를 들이마시는 선이의 담백한 말에 도연은 뾰족하게

솟은 마음의 끝을 조금 뭉갰다.

저녁 7시, 도연은 몽롱한 상태로 현관문을 열어 배낭을 거실 바닥에 던지고 소파에 털썩 주저앉았다. 주머니에서 진동하는 핸드폰을 꺼내자 법원에 입사하기 전 정신과 병원에서 함께 일했던 유림의 이름이 보였다.

'쌤! 저 이번에 조사관 시험 서류 합격했어요. 면접은 어떻게 준비해야 돼요?'

엄지를 느리게 움직여 지원하는 이유를 물었다.

'애 키우면서 일하기에 좋잖아요. 연차나 육아휴직도 눈치 안 보고 사용할 수 있고요.'

도연은 유림에게 얼마나 솔직해져야 할지 알 수 없었다. 법원에서 어떤 사람들을 만나는지, 법원이 어떻게 굴러가는 곳인지 알았다면 이곳에서 일하는 걸 조금 망설였을까. 하지만 미리 알았다고 한들 뭐가 달라졌을까. 그저 자신의 선택을 감당하며 사는 수밖에. 무엇보다 누군가로 인해 한 사람의 인생이 어떻게 휘청일 수 있는지, 그 가벼움을 때로는 얼마나 무겁게 느껴야 하는지 너무도 잘 아는 도연은 아무 말도 할 수 없었다.

월요일 아침, 컴퓨터가 채 켜지기도 전에 이 사무관은 워크숍 이야기부터 꺼냈다. 다음 주에 있을 워크숍에 조사관 두 명은 반드시 참석하라는 지시였다. 그곳에 있는 모두가 그 두 명이 누구인지 알고 있었다. 동옥은 "신규들 평가 기간이니까"라며 말문을 열었다. 동옥이 늘 사용하는 멘트였다. 역시나 표정 변화가 없는 선이의 얼굴을 보자 도연의 입이 달싹거렸다.

임기제 공무원인 가사조사관은 정년이 보장된 일반 공무원과는 달랐다. 정해진 기간 동안 일하는 계약직이라 정규직 전환을 기다리는 신분이었다. 이런 시스템은 평가라는 명분하에 누구도 맡기 싫어하는 일을 신입에게 맡길 수 있는 도구가 되었다.

"저희를 배려해서 참석의 기회를 준다는 뜻인가요?"

도연은 기어코 입을 열었다. 동옥은 검은 안경테를 검지로 추켜올리며 신규는 자주 눈에 띄어야 좋은 평가를 받을 수 있지 않겠냐고 냉정한 말투로 되받았다.

"저희보다 이번 해 평가 대상인 3년 차 선배님이 더 눈에 띄어야 하는 거 아닌가요? 정말 저희를 배려해서 일부러 자리를 만드는 거라면 그런 배려 이젠 그만 받고 싶습니다."

전혀 밀리지 않는 도연의 태도에 귀까지 빨개진 동옥이 씩씩대며 밖으로 나갔다. 굳은 표정으로 따라 나갔던 영신이 곧 곤란한 표정을 지으며 돌아왔다. 어색하고 무거운 공기는 좀처럼 희석되지 않았다. 오후 6시가 되자 동옥은 기다렸다는 듯 퇴근했다.

영신을 겨냥한 말은 아니었지만 화살이 엉뚱하게 영신에게 날아갔다. 고민 없이 앞서 나간 말끝에는 곤란함과 미안함이 매달려 있었다. 그럼에도 도연은 무조건 참는 게 맞는 건지 확신할 수 없었다. 그럴 때마다 정답 없는 문제를 푸는 기분이었다.

"동옥 조사관님이 화가 좀 나셨어요. 자기가 챙겨주는 것도 모르고 신규가 저딴 식이네 어쩌네."

곁에 선 도연을 힐끔 본 영신이 말을 고르지 않고 뱉었다.

"그동안 선배들이 행사 참석 많이 했으니까 이번엔 신규가 참여하라고 했으면 따랐을 거예요. 아쉬운 소리 하기 싫어서 배려하는 척 강요하는 걸 더는 견디기가 힘들었어요."

"그렇죠. 평가 기간이라는 핑계로 뭐든 시킬 수 있으니까. 그래서 저는 후배들이 들어오기만 기다렸어요."

영신의 입사 후 3년은 고됐다. 승진한 지 2년도 되지 않은 이 사무관은 여전히 승진을 위해 사는 듯 조사관 전원 참석이라는 명분 아래 모든 회식을 강요했다. 그 업적은 누구도 알아차리지 못할 만큼 사소한 것이었지만 이 사무관의 능력으로 할 수 있는 가장 큰 일이기도 했다. 영신은 딸이 수족구병으로 어린이집에 갈 수 없을 때에도 회식에 빠지지 않기 위해 목포에 있는 친정엄마를 불렀고, 무릎 관절염으로 고생하던 친정엄마는 딸의 부탁을 거절할 수 없어 절뚝이는 다리를 이끌고 기차에 올랐다. 이제 신입 조사관이 들어왔으니 그 정도면 자신도 할 만큼 다 했다고 생각했다.

"그렇게 대물림되는 게 맞는 건지 잘 모르겠어요. 저는 그러고 싶지 않아요. 앞으로도 그런 이유로 참석하라고 하시면 안 할 거예요. 그로 인한 불이익은 감수할 거고요. 법원에서 저를 평가하는 것처럼 저도 이 조직을 보고 정규직 전환할지 말지 결정하고 안 맞으면 나가야죠."

자신에게 하는 당부인지 영신에게 아니, 이 조직을 향한 건지 알 수 없는 서걱대는 말들이 입안에서 튀어나왔다. 합리성이라는 명분을 좇다 계획에 없던 목적지에 정차한 느낌이었다. 영신은 도연의 말이 틀리지 않지만, 그렇게까지 할 필요가 있나 싶기도 했다. 영신은 조금 복잡한 시선으로 도연을 바라봤다.

도연과 선이가 단둘이 식사한 건 그날이 처음이었다. 이 사무관과 동옥이 원장과의 점심 약속으로 조금 일찍 자리를 비우고, 영신은 아이가 갑자기 열이 올라 급히 휴가를 썼다. 들뜬 선이는 오전부터 SNS를 휘저어 도연에게 맛집 링크를 보냈다. 최고의 맛집을 고르는 게 가장 중요한 업무인 것처럼 온갖 요란을 떨었지만 두 사람이 향한 곳은 아담한 청국장집이었다.

선이가 익숙한 웃음을 띠며 말했다.

"우리 팀은 공 쫓는 초등학생들처럼 화장실까지 우르르 몰려갈 판이에요."

"조사관님은 그런 분위기 괜찮아요?"

"그냥 그러려니 하는 거죠."

"조사관님에게는 미안해요. 나 때문에 조사관님이 모든 행사에 참석하고 있으니까."

도연의 말에 선이의 눈이 자못 진지해졌다.

"평가 포기하고 행사 참석을 안 하는 건 제 선택인데 모두의 평화를 위해 조사관님이 총대를 메고 있잖아요. 그래서 미안하지만 그것도 조사관님 선택이라고 생각해요."

도연은 선이가 힘들어 보일 때마다 자신이 밥을 사겠다고, 다만 선이가 혼자 참석한 것까지만 미안해하겠다고, 그러니 서로의 선택은 각자 알아서 책임을 지자고 덧붙였다. 오랫동안 꼭꼭 씹어온 생각이었다.

선이는 그저 웃으며 고개를 끄덕였다. 선이에게 도연은 늘 바른말 하는 걸 좋아하는 사람이었다. 좋고 싫은 게 분명해서 걸음걸이까지 또박또박한 사람. 자신이 하는 말은 늘 옳다고 생각하는 도연에게 선이는 무슨 말을 덧붙여야 할지 몰랐다. 미안하다고 사과했지만 결과적으로 이런 상황을 만든 책임에서는 한 발 빼는 것 같았다. 그게 조금 비겁해 보여서, 선이는 그런 자신의 마음을 들키지 않도록 일부러 웃었다.

×××

"야! 백도연!"

동옥이 안경을 추켜올리며 날 선 목소리로 불렀다. 안경을 왼손으로 올리는 건 불만이 있을 때마다 보이는 습관이었다.

"상담 의뢰서를 물어보지도 않고 보낸 거예요? 이제 일 시작한 사람이 절차 다 무시하고 이렇게 막 의뢰하면 어떡해?"

동옥은 휴게실로 도연을 불러냈다.

"내가 괜히 이러는 것 같아요? 이거 예민한 문제야. 모르면 물어봐야지. 신규가 왜 그렇게 독단적으로 행동해요? 여기는 여기 나름대로 규칙이 있는데 늘 혼자 생각해서 결정하고. 지금도 그래서 생긴 문제잖아요. 의뢰 내용을 나한테 확인하지 않고 보내도 될 정도로 그렇게 자신 있어요? 마음대로 할 거면 멘토는 왜 있는 건데?"

찌를 듯한 동옥의 말이 테이블만 덜렁 놓인 휴게실 전체를 울렸다.

"확인했는데 과정에서 착오가 있었던 것 같습니다. 죄송합니다. 앞으로 이런 일 없도록 주의하겠습니다."

며칠 전 상담 의뢰서 작성 과정을 몰라 헤매는 도연에게 영신은 공유 문서함에서 양식 찾는 방법과 절차를 알려주었다. 보고서가 아니니 이런 사사로운 것까지 동옥에게 확인받지 않아도 된다는 말을 덧붙이면서. 그러나 동옥에게 의미가 부여되면 작은 돌부리도 바위만큼 커졌다. 그 바위가 도연과 영신을 향해 거침없이 굴러 내려오고 있었다.

"심리 전공자들 진짜 짜증 난다니까. 뭔 말을 하면 다 아는 것처럼 따박따박 대꾸하는데, 그렇게 잘하면 이런 실수는 하지 말아야지."

심리학을 전공한 것과 이 일이 무슨 상관일까 싶었지만 이럴 때는 그냥 입 닫고 있는 게 상책이었다.

"말이 나왔으니 하는 말이지만, 지난번 회식 때도 그래. 사무관님이 얼마나 곤란했는데. 백 조사관이 협조적이지 않으니까 사무관님이 나한테 참여하도록 독려하라는데 왜 백 조사관 때문에 우리가 이런 불편을 겪어야 해요?"

갑자기 잡힌 회식 당일 날, 본가에 다녀와야 한다고 말하자 동옥은 중요한 일이냐고 몇 번을 되물었다. 그놈의 회식 타령은 도연이 이곳을 그만둘 때까지 따라다닐 것 같았다.

"그렇게 입 꾹 다물고 있지 말고 뭐라고 좀 해봐요. 왜 이럴 때는 말이 없어?"

카페든, 휴게실이든, 사무실이든 온 동네가 자기 세상인 양 떠드는 동옥의 목소리를 더는 참을 수가 없었다.

"…제가 해야 하는 일을 하지 않아서 조사관님들을 불편하게 했다면 사무관님이 저한테 직접 말씀하셔야 한다고 생각해요. 우리 팀 책임자니까요. 그 정도의 일은 아니어서 못 하시는 거잖아요. 그 정도의 노력도 하고 싶지 않거나 불편함을 감내하기 싫으시다면 참으셔야죠."

동옥은 기가 찬 얼굴이었다. 그제야 도연은 겨우 말의 고삐를 당겼다.

"제대로 확인하지 않고 의뢰서 보낸 건 잘못했습니다. 앞으로 조심하겠습니다."

"아! 됐고, 영신이가 알려준 거지?"

동옥은 이 자리의 목적을 분명히 하겠다는 듯 원점으로 돌아와 다그쳤다.

"…앞으로 조심하겠습니다."

"영신이는 알 만한 애가…. 하여튼 제대로 되는 게 하나도 없어."

화낼 명분이 떨어진 동옥은 서둘러 휴게실을 나갔다. 도연은 동옥의 분노 사이사이에 숨겨진 자신의 잘못을 진심으로 찾고 싶었다. 그게 뭔지 알아야 고치기라도 할 텐데. 소풍이 끝날 때까지 끝끝내 찾을 수 없던 보물찾기 쪽지처럼 도연은 아무런 단서도 찾지 못했다. 사람의 마음이든, 뭐든 도연은 숨겨진 걸 찾는 데 재주가 없었다.

동옥에게 불려 나간 영신은 한참 후 무거운 기운을 덕지덕지 붙이고 돌아왔다. 도연은 눈치를 살피다가 동옥이 자리를 비운 틈에 영신에게 곤란하게 해서 미안하다고 사과했다. 영신은 아무것도 들리지 않는 사람처럼 어떤 반응도 보이지 않았다. 도연은 다시 사과하는 것도, 금세 자리로 되돌아가는 것도, 영신이 돌아보기를 기다리는 것도 마땅치 않아 어색하게 영신 곁을 맴돌다 자리로 돌아갔다.

도연은 정답이 없는 일을 마주할 때마다 어찌할 바를 몰라 늘 한발 물러났다. 어쩌면 그 정답을 자신만 모르는 게 아닐까 싶었다. 이 사무관처럼 농담이야, 농담, 속으로 읊조리며 가볍게 덮이기를 바랐지만 도연의 마음은 조금씩 무거워지며 가라앉았다. 이런 하찮은 일에도 내공이 필요했다.

#4

건강한 감자

 마스카라로 속눈썹을 바짝 올리고 빨간색 립스틱을 빈틈없이 바른 여자는 몸에 딱 붙는 원피스 차림으로 선글라스를 손에 들고 있었다. 머리끝부터 발끝까지 신경 쓴 흔적이 역력했지만 얼굴에 새겨진 고단함까지 가리진 못했다. 여자는 자녀들의 성을 현재 남편의 성으로 바꾸고 싶어 했다. 안동지원에서 기각된 지 한 달 만에 다시 신청한 것이었다.

 "각자 사정이 있는 건데, 법원에서 이렇게 오라 가라 할 일은 아니잖아요?"

 자리에 앉으며 신경질적으로 불평하는 여자에게 도연은

기각된 이유를 물었다.

"애들 친부랑 이번 일과는 아무 상관도 없는 애들 외할머니가 반대해서 그랬겠죠. 친부는 양육비를 준 적도 없으면서 무슨 자격으로 반대하는지 모르겠고, 외할머니는 자기가 애들 키웠다고 하는데 나 일할 때 잠깐씩 애들 봐준 게 전부예요. 지금 남편이 애들 버린 친부 대신 아빠 역할 다 했고요. 지금 남편 성으로 변경하는 것도 딸들이 원해서 그런 거예요."

쏘아붙이는 동안 30분이 지났다. 그러면서도 가는 길이 머니까 빨리 끝내달라고, 경상도 사투리가 섞인 빠른 말로 도연을 재촉했다. 덩달아 마음이 바빠진 도연은 여자를 대기실로 보내고 첫째 딸부터 조사실로 불렀다.

"엄마는 우리가 원하면 하고 아니면 하지 말라고 했지만 선택의 여지는 없었어요. 저는 성본 변경을 해도 그만 안 해도 그만이지만, 엄마가 원하니까 강하게 원하는 사람의 말을 따르는 게 맞는 것 같아요."

딸은 차분하고 담담하게 조사를 이어갔고 엄마의 목적을 위해 성실히 움직였다. 뒤늦게 도착한 둘째 딸이 문을 두드렸다. 작은 체격에 초승달처럼 웃는 얼굴이 조사실 문틈으로 쏙 들어왔다.

"김시재 님?"

시재는 자리에 앉아 크로스백을 빈자리에 두었다. 차분하고 조용한 첫째 딸과 달리 가볍고 경쾌한 몸놀림이었다.

"그동안 제 이름으로 살아왔고 지금도 불편한 게 없어요. 굳이 새아빠 성을 따를 이유도 없고요. 동생 성과 다른 건 엄마가 불편한 거지 내가 불편한 것도 아니고. 안 그래도 알바하느라 시간 없는데 성 바뀌면 또 서류 떼러 여기저기 다녀야 하잖아요. 생각만 해도 너무 귀찮아요."

시재의 답변에는 꾸밈이 없었다.

"엄마가 시재 씨 성본 변경을 왜 이렇게 원하는 걸까요?"

"친아빠랑 엮이는 게 제일 싫은 것 같고, 또 주변 사람들에게 우리가 원래 한 가족이었다고 보여주고 싶어서? 우리가 친아빠 성을 사용하니까 재혼가정인 걸 사람들이 알게 되잖아요. 남동생이 조금 있으면 초등학교에 입학하거든요. 그때 아마 무슨 서류를 제출해야 할걸요. 엄마는 아직 동생한테 저희 성을 알려주지 않았어요. 애가 언젠가는 알게 될 텐데 그 전에 바꿔두려고 이렇게 아등바등하네요. 그런다고 아빠가 같아지는 것도 아닌데."

시재는 기억이 시작되는 무렵부터 외할머니 집에서 지냈다고 했다. 엄마는 새아빠와 살았다. 엄마를 가끔 만났지만 데면데면했고 새아빠는 인사만 하는 사이였다. 시재가 초등학교 5학년이 되었을 무렵 욕실에서 미끄러진 외할머니가 얼마간 병원 신세를 져야 했다. 손녀들을 돌볼 수 없었던 외할머니는 코끼리처럼 부은 자신의 다리보다 아이들의 거취를 더 걱정했다. 주변에 달리 부탁할 데도 없고, 재혼 사실을 숨기고 결혼한 딸에게 맡길 생각을 하니 속이 시끄러웠다. 하지만 몇 주면 회복될 거라는 의사의 말에, 그래도 니 새끼들인데 이럴 때라도 어미가 챙겨야 하지 않겠냐고 읍소 아닌 읍소를 했다.

어쩔 수 없이 딸들을 데려온 엄마는 가족 행사가 있는 날이면 딸들을 근처 호텔로 보내고 아이들의 흔적을 지웠다. 화장실에서 칫솔을 걷고 신발장에서 신발을 꺼내 작은 방에 밀어 넣은 다음 방문을 잠갔다. 엄마의 재혼에 얽힌 비밀을 몰랐던 어린 시재는 이럴 거면 언니와 자신을 왜 데려왔는지 이해할 수 없었다. 엄마의 집에서는 늘 답을 찾지 못한 질문이 쌓여갔지만 차마 물을 수도 없었다.

외할머니의 회복이 늦어진 탓에 의사가 약속한 시간이

지나고 엄마 집에서 생활한 지 4개월쯤 되었을 때 남동생이 태어났다. 그 무렵 친구에게 새아빠 험담을 한 문자를 엄마가 발견했는데, 엄마는 마치 자신이 저지른 잘못을 들킨 사람처럼 어찌할 바를 몰랐다. 그 일로 시재를 혼내지도, 따져 묻지도 않았지만 엄마의 당혹스러움은 매질로 이어졌다. 제때 씻지 않아서, 밥 먹을 때 흘려서, 연필을 제대로 잡지 않아서, 엄마 말을 듣는 데 고개를 들지 않아서…. 이유는 다양했고 체벌은 조금씩 심해졌다.

아무 상관도 없는 사람처럼 옆에 있던 새아빠는 엄마의 매질을 묵인하고, 용인하고, 때로는 부추겼다. 늘 아빠의 눈치를 살피던 엄마는 시재를 혼내고 매를 드는 게 자신의 역할인 듯 최선을 다했다. 그때 엄마는 시재가 학교에서 배운 아주 작은 음지 생물 같았다. 새아빠라는 그늘에서 자라는.

엄마의 회초리는 외할머니로 인해 겨우 멈췄다. 넉 달 만에 돌아온 외할머니는 시재가 입은 반바지 위로 노랗게 물든 멍 자국을 보고 그 자리에서 짐을 챙겨 자신의 집으로 데려갔다.

"엄마, 외할머니, 새아빠, 친아빠 전부 지긋지긋해서 독립했어요. 새아빠랑은 원래 연락 안 했는데 이거 신청한 후부터 이삼일에 한 번씩 문자 와요. 엄마는 계속 본인이 시키는 대로 말하라고 하고, 외할머니는 엄마 욕하고. 친아빠는 다시 만난 지 이제 2년 됐는데 매일 전화하라고 하고요. 돈 없어서 고시원에서 지낼 때는 아무도 신경 안 쓰더니 안동에서 성 바꾸는 게 안 되니까 엄마가 월셋집 구해주면서 전입신고 하라고 하대요. 뭐, 고시원보다 지금 집이 나으니까 개이득! 근데 같이 살지도 않는 언니까지 전입 신고해놨어요. 여기서 이거 신청하려고."

시재는 진술뿐만 아니라 순간순간의 감정에도 솔직했다. 자신의 이야기로 거침없이 내달리던 시재가 잠시 뜸을 들이다가 목소리를 낮췄다.

"사실은요. 안동지원에서 저한테 의견을 물었을 때 새아빠 성으로 살고 싶지 않다고 했어요. 엄마는 친아빠가 반대해서 기각됐다고 알고 있고요. 친아빠, 외할머니, 법원까지 싸잡아서 며칠 동안 계속 욕하기에 그냥 응응 하고 말았어요."

"엄마 얘기 듣는 거 힘들지 않아요?"

도연이 걱정스레 물었다.

"괜찮아요. 저 듣는 거 되게 잘해요. 외할머니와 엄마가 싸우면 외할머니는 엄마 욕하고 엄마는 외할머니 욕하는데요. 외할머니랑 통화할 때는 할머니 속상하게 엄마가 왜 그랬대 하고, 엄마가 외할머니 욕하면 할머니가 왜 그랬지 하고 말아요. 그냥 들어주면 돼요."

시재의 헐렁하고 방실방실한 웃음 너머로 보이는 곡진한 삶의 궤적이 도연의 마음에 남아 계속 맴돌았다.

"집안 어른들이 다 엉망진창인데 우리 19세 작은딸이 너무 어른 같아서 좀 슬프네요."

조사 후 자리로 돌아온 도연의 말에 선이는 역시 그 유명한 심리학자 칼 로저스의 말이 맞았다며 고개를 끄덕였다.

"감자가 적절한 온기와 바람, 수분만 있으면 아무런 조작을 하지 않아도 싹을 틔우듯이 적절한 환경만 만들어진다면 자연스럽게 한 존재가 자기다움을 드러내게 된다고 했지요. 아주 오래전 그 현명한 선생님께서."

아이들은 어린이집부터 유치원, 학교, 사회에서 또래, 선후배, 교사들과 다양한 경험을 하며 적당히 버리고 배운다. <u>스스로 적절한 온기와 바람과 수분을 찾아다니며 자연스럽게 자신의 인격을 만들어간다.</u> 도연은 감자, 감자, 하고 몇 번 되뇌었다.

×××

 시재는 눈앞에 멀뚱히 서 있는 도연을 2인용 테이블로 안내했다. 아담하고 잘 정돈된 이자카야의 오픈 주방에서 두 직원이 바쁘게 움직이고 있었다. 밖에서 당사자를 따로 만난 건 시재가 처음이었다.

 며칠 전 도연은 가정방문 출장조사에서 홀로 손자를 양육하는 할머니의 하소연을 몇 시간이나 들은 다음에야 겨우 그 집에서 나올 수 있었다. 한 세월 묵힌 마음을 누구에게 토해낼까 싶어 묵묵히 들었지만 도리어 그 이야기에 체한 건 도연이었다.

 눈에 보이는 아무 카페나 찾아 들어가 숨을 돌리고 있던 그때, 어깨를 살짝 치는 손길에 놀라서 돌아보니 시재가 왼쪽 보조개가 쏙 들어가게 웃고 있었다. 도연이 시재의 가슴께 달린 이름표를 쳐다보자 시재가 이름표를 탁탁 쳤다.

 "제 이름은 잘 유지 중입니다. 엄마가 법원 욕도 엄청 하고 친아빠 욕도 잔뜩 하고…. 그중에 선생님 욕도 있었는데 그건 굳이 전하지 않을게요."

 인심 쓰는 듯한 말에 도연은 고맙다고 답했다.

"제가 평일에는 여기서 일하고 주말에는 이자카야에서 알바하거든요. 분위기도 좋고 음식도 맛있고 무엇보다 하이볼이 최고예요. 시간 되면 꼭 한번 놀러 오세요. 그럼 저는 이제 일하러 갑니다!"

시재는 또박또박 이자카야의 이름까지 알려주고 계산대로 돌아갔다.

얼떨결에 시재를 만났을 때도, 이자카야에 오라는 초대를 받았을 때에도, 시재를 보러 갈 엄두는 나지 않았다. 근처를 지나게 되더라도 그곳은 피하고 싶었는데 어쩌다 보니 도연은 이곳에 앉아 있었다.

추천한 닭꼬치와 하이볼을 주문하자 시재는 서비스라며 빨갛게 잘 익은 토마토 절임을 내어왔다. 그러고는 천연덕스럽게 맞은편 의자를 빼서 앉았다.

언니의 기일이었다.

태움이라는 건 뉴스에서만 봤지 신규도 아닌 경력직으로 이직한 병원에서 언니가 겪을 거라고는 상상도 못했다. 언니의 일기장에는 분노나 원망보다 그들의 요구를 따르지 못하는 자신에 대한 자책이 가득했다.

이전 병원에서 도대체 뭘 했냐며 김 선생님이 화를 냈다, 스테이션 뒤에서 소리를 질렀다, 김 선생님이 지시한 업무를 처리하느라 점심을 먹지 못했다, 화장실 가는 횟수를 줄여야 한다, 나이트 업무가 너무 많다, 환자가 컴플레인 할 때마다 내 일이 아닌데도 다그쳤다…. 언니는 우울증 약을 복용하며 괴롭힘을 견뎠다. 모욕적인 언사는 일상이었다. 제대로 처치를 하지 않았다며 명치를 때리고 지시한 대로 했음에도 거짓말한다고 때렸다. 언니는 이직한 지 7개월 만에 체중이 8킬로그램이나 빠졌지만 가족들에게도 힘들다는 말을 하지 않았다. 아빠 생일날 가족끼리 모인 자리에도 언니는 결국 참석하지 못했다.

언니는 죽기 3개월 전에 도연을 찾아왔다. 하얗다 못해 파랗게 질린 얼굴에 어두운 표정, 뼈만 앙상하게 남은 몸을 걱정하자 언니는 간호사 일이 적성에 맞지 않는 것 같다고 했다. 힘들면 그만해도 된다는 도연의 말에 언니는 희미하게 웃으며 그래도 열심히 해야지, 최선을 다해야지 했다. 아빠가 언니와 도연에게 늘 하던 말이었다. 어느 곳에 있든 최선을 다해야지.

그렇게 최선을 다했던 언니는 밤 근무를 마친 후 수면제를 먹고 차 안에서 번개탄을 피웠다. 도연은 언니의 유품을 정리하다 발견한 일기를 보며 절대로 열심히 살지 않겠다고 다짐했다. 그건 언니가 도연에게 남긴 유일한 말이었다.

열심히 말고, 그냥 살아.

열심히 살지 않기 위해 열심히 노력할 거야. 잊지 않으려고 몇 번이고 곱씹었다.

"시재 씨, 열심히 살지 마요. 처음 법원에서 봤을 때부터 그 생각 했어. 가족이라도 들이받을 때는 들이받고, 싫으면 싫다고 하고 일도 대충대충 해."

도연은 조금 취한 것 같았다.

"대충 듣고 대충 대답하고 있어요. 사람들 만나는 거 좋아하고 일도 힘들지 않아요."

시재는 초승달 같은 눈으로 웃었다. 시재의 말은 진심 같았다.

"나는 매일매일 인류애를 상실하는 느낌이에요. 얼마 남지도 않은 인류애가 매일 바닥나. 사람이라는 존재 자체가 신물 나요."

진심을 들으니 진심이 흘러나왔다.

"남의 인생에 이래라저래라 하는 것 자체가 꼰대랬는

데… 나는 꼰대니까 이래라저래라 할래. 시재 씨, 열심히 살지 마요. 나는 호락호락하게 당하고만 있지 않을 거야. 언니처럼 안 살 거야. 그러니까 시재 씨도 열심히 살지 마요. 아니야! 내 말도 듣지 마! 그냥 하고 싶은 대로 해."

손사래를 치다가 테이블에 꼬꾸라졌다. 도연이 엎드린 채 웅얼거렸다.

"나는 진짜 대충 살 거거든요. 절대로 열심히 살지 않을 거거든요. 이상한 사람들 말 듣지 않을 거거든요. 그런데 열심히 살지 않으려면 매일 이렇게 다짐해야 해요. 자꾸자꾸 나에게 말해줘야 해요. 잊어버리지 않게. 그래서 열심히 살지 않는 게 너무 힘들다."

늦은 오후에 눈을 떠 핸드폰 화면을 켰다.

'언니 잘 들어갔어요? 감자는 이제 퇴근 중. 문자는 내일 보겠지만 번호 따인 김에 연락했어요. 술 많이 마셨으니까 해장은 꼭 해요.'

부스스한 머리를 긁으며 시재의 문자를 몇 번이고 다시 읽었다.

'나 왜 언니 됐어요?'

'언니는 사람을 감자로 만들어놓고 선생님에서 언니로

바뀐 게 뭐 대수라고. ㅋㅋㅋ'

아! 칼 로저스.

지난밤 눈 풀린 상태로 시재에게 감자야, 참지 마! 우리 발 달린 감자, 하던 장면이 떠올랐다. 손으로 마른 얼굴을 비볐다.

'언니가 힘들면 참지 말고 언니한테 이르라면서 전화번호 줬어요. 내가 강제로 딴 거 아니야. 또 연락해요!'

도연은 나열된 숫자를 감자로 저장했다.

#5

가장 가까운 타인, 가족

언제 집에 오냐는 아빠의 성화에 도연은 오랜만에 짐을 꾸렸다. 괜찮다는 만류에도 굳이 마중을 나오겠다던 아빠는 약속한 시각이 지나도 보이지 않았다. 도연은 들고 있던 과일 봉지를 바닥에 내려놓았다. 거의 도착했다고 했지만 여전히 어디서 헤매는지 알 수 없는 아빠에게 짜증이 솟구치던 찰나, 저 멀리에서 아빠 차가 다가왔다.

피곤해 보인다는 아빠의 말에 그렇지 뭐, 대꾸하고 창밖을 보았다. 도연의 눈치를 살피던 아빠는 밥 먹고 나오느라 늦었다고 말했다.

"늦으면 늦는다고 말해주면 되잖아. 그냥 늦어서 미안하다고 하면 되는 걸 왜 자꾸 다른 말을 해."

식사 시간조차 조율할 의지 없이 오라고 성화만 하는 아빠도, 이깟 일로 뻣뻣해지는 자신의 옹졸함에도 짜증이 났다. 아빠는 어쩌다 보니 늦은 거지 일부러 늦었겠냐고 얼버무렸다. 아빠와의 대화는 대체로 비슷비슷한 모양새였다. 도연에게 아빠는 늘 상대의 핵심을 비껴가는 사람이었다. 도돌이표 같은 대화에 도연은 입을 다물었다.

부모님은 옷 가게를 운영하느라 늘 바빴다. 초등학교 3학년 때부터 도연은 늘 언니와 함께였다. 언니가 차려주는 밥을 먹고 같이 숙제하다 보면 어느새 어두워졌다. 졸린 눈을 비빌 때쯤 부모님은 지친 기색으로 집에 돌아왔다.

언니가 중학교 입학을 앞두고 학원에 다니기 시작하면서 도연은 하교 후에 혼자 있는 시간이 길어졌다. 언니가 챙기던 순서대로 도연은 스스로를 챙겼다. 냉장고에서 밑반찬이 담긴 통을 꺼내 접시 하나에 먹을 만큼 덜어낸 후 뚜껑을 꼭 닫고 다시 냉장고에 넣었다. 조용히 식사를 마친 다음에는 꼼꼼하게 설거지를 했다. 거실 테이블에서 숙제하다가 풀지 못한 문제에는 크게 별표를 그렸다. 언니가 오면 도와줄 것들이었다. 씻고 나면 개수대로 가 설거지가 제대로 되었는지 확인했다. 설거지를 마치고 다시 확인하는 건 그 무렵 한껏 예민해진 채 퇴근했던 엄마가 설거짓거리를 보고 신경질적으로 화를 냈기 때문이었다. 수세미 사이에서 요란하게 덜그럭대는 그릇 소리와 늙어도 일을 놓을 수 없는 팔자라는 엄마의 혼잣말이 귓등을 때렸다. 안절부절 못하던 언니가 자신이 하겠다고 엄마에게 다가갔지만 엄마는 언니를 밀어냈다. 설거지를 마친 엄마는 고무장갑을 획 벗어 던지고는 안방으로 들어가 문을 쾅 닫았다. 그 후로 언니는 한동안 강박적으로 설거지와 청소를 했다. 언니와 도연은 각자의 일상을 성실하게 감당했다.

도연과 아빠는 말없이 차에서 내려 집 안으로 들어섰다. 엄마가 차려둔 식탁에서 도연이 혼자 식사를 하는 동안 아빠는 거실에서 깎아둔 복숭아를 먹으며 예전에는 안 그랬는데 왜 저렇게 싸움닭이 됐냐고 뻔히 다 들리는 혼잣말을 했다. 엄마는 손바닥으로 아빠 다리를 슬쩍 내리쳤다. 그러게, 예전에는 안 그랬지. 언니만큼은 아니었지만 적어도 대드는 딸은 아니었는데.

아빠는 꾸역꾸역 복숭아를 입에 넣고 삼켰다. 이제는 말할 수 없는 어떤 슬픔을 삼키듯이. 늘 열심히, 최선을 다해서 살라고 했던 아빠는 자신의 인생도 열심히, 최선을 다해 살았다. 그것 외에 아빠가 아는 삶은 없었다. 자신이 아는 모든 걸 나누는 게 아빠의 최선이었던 것처럼 아빠의 말을 넘치도록 담는 것도 언니의 최선이었다.

아빠는 늘 야무지고 부지런한 첫째 딸을 자랑스러워했다. 단풍잎 같은 손으로 동생을 살뜰히 돌보고 자기 일은 알아서 척척 해내는 아빠의 자랑. 큰소리 한번 낼 필요가 없었던 딸. 언니가 엄마 곁에서 어깨너머로 보고 어설프게 김치볶음밥을 만들었을 때, 아빠는 기특한 마음에 물을 몇 번이나 들이켜면서도 그 짜고 단 것을 다 비웠다. 기특한 우리 딸, 귀한 우리 딸, 이라고 말하면서. 그때 언니는 어떤 표정이었을까. 아빠도, 엄마도 언니의 가장자리만 맴돌았지만 그건 도연도 마찬가지였다. 언니에 대한 오해는 어디까지였을지 가늠이 되지 않았다.

#6

안일함의 무게

욕설 섞인 고성이 대기실 밖까지 울렸다. 여자는 대기실에 모여 있는 사람들이 자신의 아군이라도 되는 듯 바람피운 남편에 대한 비난을 이어갔다. 소란함이 가라앉지 않아 보안관리대원까지 출동해 여자와 남자를 겨우 말렸다. 이런 난장판은 어떻게 시작하든 결말은 엇비슷하게 끝나는 통속극 같았다.

도연은 그들을 심드렁하게 쳐다봤다. 그저 이 소동의 주인공이 자신의 당사자가 아니길 바라면서. 하지만 기대는 늘 어긋나기 마련이라 도연이 호명하자 싸우던 두 사람이 짐짓 무구한 표정으로 나란히 일어섰다. 도연은 들키지 않게 작은 한숨을 흘렸다.

여자는 의자에 앉자마자 남자가 만난 여자들의 이름을 줄줄이 읊었다. 남자는 이런 상황이 익숙한 듯 이죽거리며 여자의 속을 긁었다. 결혼 생활 내내 이런 식이어서 도저히 대화할 수 없었고, 작은 일에도 흥분해서 펄쩍펄쩍 뛰는 통에 말도 섞기 싫었다고. 2차전이 시작될까 싶어 싸움을 말렸지만 도연은 그들의 드라마에 불쑥 등장한 불청객일 뿐이었다. 한껏 날이 선 말들은 도연을 향한 것이 아니었음에도 무방비로 쏟아지는 화살처럼 도연에게 날아와 꽂혔다.

간신히 두 시간을 버텨낸 도연은 겨우 다음 조사 기일을 지정했다. 남자와 여자는 썰물처럼 사라졌지만, 도연은 그들이 한바탕 쏟아낸 말들을 정리하지 못한 채 가만히 앉아 있었다. 상대에게 닿을 때마다 서로를 멀찍이 밀어내던 말들이 혼자 남겨진 도연의 마음을 헤집어놓았다. 기록을 챙겨 조사실을 나와 계단을 걸었다. 일도, 사람도 다 지긋지긋했다.

겨우 오후 2시. 하루 동안 써야 할 에너지가 이미 바닥을 보였다. 하루에 조사를 두 건이나 진행하는 일은 무리였음에도, 일정에 쫓기는 터라 어쩔 수 없었다. 그럼에도 조사실로 향하는 도연의 걸음이 조금씩 느려졌다. 약속한 당사자들이 나타나지 않기를 바라면서.

조사가 시작되기 10분 전, 노크 소리에 고개를 들었다. 조사실 문이 가볍게 열리더니 눈앞에 덩치 큰 남자가 나타났다. 어디서든 눈에 띌 만한 몸집이었다. 도연은 남자에게 대기실에서 기다리면 예정된 시각에 호명하겠다고 안내했다. 그러고는 책상 위에 엎드려 잠시 얼굴을 묻었다.

잠시 후 유난히 큰 남자와 유난히 작은 여자가 함께 들어왔다. 둘은 기초생활수급자였다. 몸집도, 목소리도 조그만 여자에게는 억울함이 가득 차 있었다. 어느 날, 느닷없이 남편이 칼에 맞아 다쳤다는 연락을 받았을 때 신종 보이스피싱인가 했다. 여자는 그때까지만 해도 조폭은 영화나 TV에서만 등장하는 인물인 줄 알았다. 자신이 살 붙이고 사는 남자가 조폭인 줄도 모르고. 여자는 남편이 칼에 찔린 것보다 지금껏 속았다는 사실이 더 기가 막혔다.

모든 게 들통나버린 남자는 승산 없는 게임에 출전한 선수처럼 결혼 생활 자체에 무관심해졌다. 몸을 다치니 몸 쓰는 일도 하지 못해 매일 술을 마시고 잔뜩 취해 집에 있는 물건을 아무렇게나 잡아 던지는 게 일이었다. 집 안의 물건이 망가지는 것보다 남자가 망가지는 속도가 더 빨랐다. 술 취한 남편은 아내도, 아이도, 자기 자신도 알아보지 못했다. 온 집 안을 폐허로 만든 다음 날 백지장 같은 얼굴로 하는 사과가 여자를 더 미치게 했다.

여자는 현재 다른 남자와 살고 있었다. 동거남의 열두 살 된 아들과 함께였다. 생판 남인 두 남자와 사는 처지가 우스워서 자신의 아들을 데려왔지만 전 남편의 행패로 두 번이나 돌려보냈다. 그나마 음주 문제를 핑계로 다시 데려와 지금은 세 남자를 돌보는 중이었다. 기록으로 이미 아는 사실이었지만 당사자에게 들으니 답답함이 한층 두꺼웠다.

남자는 조직폭력배에, 알코올중독자라는 사실이 믿기지 않을 정도로 온순했다. 도연은 여자를 잠시 조사실 밖으로 내보내고 남자에게 아이와 어떻게 만나냐고 물었다.

"저 여자가 내 연락을 안 받으니까 집 앞에서 아이를 기다렸다가 같이 밥 먹고 다시 데려다주고 있어요."

남자가 굵은 팔뚝을 벅벅 긁어댔다.

"그렇게 만나는 데 불편함은 없으세요?"

남자는 천천히 긁던 팔을 내렸다.

"아이와 만나는 횟수나 시간, 장소를 구체적으로 정하는 게 나을 것 같은데요."

"…"

돌연 남자의 기운이 달라지더니 눈빛을 갈아 끼운 것처럼 완전 다른 사람이 되었다.

"내 애를… 내가 만나는데!"

남자의 언성이 차곡차곡 높아졌다.

"그런 걸 왜 정해요!"

왜 화를 내는지 몰라 도연이 당황하는 동안 그의 감정이 점점 타올랐다.

"왜 그런 것까지 법원에서 정하냐고요. 내 새끼 내가 보는 것도 허락받아야 하는 게 말이 되냐고!"

목소리가 높아지며 손동작이 커지고 급기야 책상을 내리쳤다.

"왜 그런 것까지 법원에서 개입하냐고 씨발. 저년 때문에 법원 와야 하는 것도 짜증 나 뒈지겠는데 이제는 내 애도 마음대로 못 본다고? 데려간 년한테는 아무 말 안 하면서 왜 나한테만 지랄이야 다들!"

그런 의미가 아니라고 설명했지만 남자는 듣지 않았다.

이렇게 계속 화를 쏟아내다가는 스스로 고꾸라질 것 같았다. 도연은 숨을 크게 들이마신 뒤 입을 열었다.

"아이 만나는 횟수와 시간을 정하는 건 아빠의 권리를 보장하기 위한 거예요. 최소한 그 횟수만큼 아빠와 아이가 만나도록 돕는 장치거든요."

"씨발! 안 해! 내가 보고 싶을 때 볼 거야."

남자는 조금 남은 숨으로 여전히 씩씩댔다.

"씨발. 당신 처음부터 마음에 안 들었어. 처음 만났을 때 당신 표정! 조사하면서 고개 끄덕이는 것도 짜증 나고 나한테 말하는 목소리며 말투, 당신 걸음걸이까지 씨발 다 짜증 난다고!"

그는 마지막 단말마를 내뱉듯 모든 기운을 쏟아냈다. 도연은 책상 위로 떨어진 남자의 침방울만 쳐다봤다.

그러다 어느 순간, 주변이 고요해졌다.

"죄송합니다. 조사관님."

남자의 말에 비로소 고개를 들었다.

"저 여자 때문에 화가 났는데 조사관님이 앞에 있어서 조사관님에게 화풀이를 했습니다. 죄송합니다."

남자는 갑자기 흥분한 것처럼 또 마음만 먹으면 언제든

변할 수 있다는 듯 순식간에 조용해졌다. 도연에게는 그가 화낼 때만큼의 물음표가 생겼다. 도연이 당혹감을 수습하는 사이, 남자는 조금씩 안정을 찾았다. 조사실을 나갈 때는 허리 굽혀 인사까지 했다.

사무실로 돌아오자 선이가 괜찮냐고 물어 괜찮다고 대답했다. 그러나 괜찮지 않았다. 전혀. 도연은 남자의 말에 상처받았다. 꼭꼭 감추어둔 무언가를, 절대 들켜선 안 될 뭔가를 들켜버린 사람처럼 무안했다. 꼭 발가벗겨진 것마냥 당혹스럽고 부끄러웠다.

도연이 조사실에서 만나는 사람들의 표정은 대체로 비슷했다. 우울과 불안과 분노가 필요한 만큼 적당히 섞인 얼굴로 서로를 비난하고 상대를 탓했다. 조사실 안에서의 모든 언어는 공격을 위해 사용되었다. 도연의 중재나 개입은 거대한 벽에 부딪힌 것처럼 튕겨 나갔다. 누구에게도 닿지 않는 도연의 말은 점차 무력해졌고, 보고서를 쓰는 것마저 지겨워질 때쯤 사건을 빨리 털어내는 것만이 목적이 되었다. 사람들의 진술을 듣고 필요한 질문을 했지만 공감하고 이해하기 위한 노력은 조금씩 줄였다. 협조하지 않는 당사자는 진상이라고 규정하면 그만이었다. 그러면 모든 문제를 그들의 탓으로 넘길 수 있었다. 자신의 방만함, 안일함, 무기력은 모두 당사자가 원인이었다. 남을 탓하는 건 언제나 가장 쉬운 방법이었다.

#7 _____

우진과 무헌

푸릇푸릇했던 행운목 잎이 조금씩 누렇게 말라갔다. 아무도 신경 쓰지 않고 누구의 책임도 아닌 식물이 저 혼자 버티고 있었다. 도연은 지나갈 때마다 눈에 밟히던 행운목을 오늘은 그냥 지나치지 못했다. 시원한 물을 부으니 버석버석 마른 흙이 쉬익 소리를 내며 물을 삼켰다. 조사실보다 밝은 복도에 잠시 둘 요량으로 화분을 들었으나 물을 가득 머금은 화분은 생각보다 꽤 무거웠다. 옮기고 나서 물을 줬어야 했는데…. 도연은 이런 작은 일에도 요령이 없는 자신이 한심했다. 끙끙거리다가 결국 씩씩대며 조사실 문 앞까지 이동하는데, 말끔한 슈트 차림의 남자가 다가왔다. 남자가 허리를 숙이자 깨끗한 코튼 향이 가볍게 지나갔다. 아니 괜찮은데, 라는 말이 반사적으로 나오려는 틈에 남자가 슥 화분을 들어 올렸다. 화분을 단단하게 움켜쥔 희고 가는 손가락에 자연스럽게 눈이 갔다.

"안녕하세요, 백도연 선생님."

꽤 익숙한, 낮고 부드러운 목소리였다.

"…김우진 선생님?"

기억 속 우진은 햇볕 한번 쬐어본 적 없는 듯 창백한 얼굴에 늘 다크서클을 달고 살았다. 해사하게 웃는 우진이 낯설어서 어색함과 반가움이 교차하는 동안 어정쩡한 표정으로 안부를 물었다. 조카 일로 법원에 왔다고 대답하는 우진의 얼굴에는 반가움이 앞섰다. 삼촌이 조카 일로 법원까지 와야 하는 상황이 뭔지 궁금했지만 이런 곳에서 가볍게 물어볼 문제는 아니었다. 화분을 가뿐하게 옮긴 우진은 급히 가야 할 곳이 있다며 발걸음을 재촉했다.

"시간 괜찮으면 주말에 차 한잔할까요?"

신기하게도 우진의 입에서 몇 번이나 들었던 말처럼 자연스러웠다.

도연이 대학병원에서 임상심리 수련을 받을 때 우진은 레지던트 2년 차였다. 우진은 당장이라도 침대에 파묻힐 듯 피곤한 얼굴이었지만 기운은 늘 파릇파릇했다. 조금이라도 노래지면 누가 와서 물을 주기라도 하는 것처럼. 둘은 오다가다 얼굴이 익어 인사하는 사이였는데, 우진은 심리평가 도구가 든 도연의 007 가방을 볼 때마다 '본드걸'이라며 싱거운 농담을 던졌다.

도연은 그때의 병원 생활을 떠올리니 어떤 차림이든 상관없을 것 같아 무난하게 걸쳐 입고 브런치 카페에 도착했다. 햇살이 잘 비치는 테이블에 희고 깨끗한 셔츠를 입은 우진이 보였다. 쌍꺼풀 없이 큰 눈을 가늘게 늘여서 웃는 우진의 얼굴은 뽀얗고 맑았다. 좀 더 신경 써서 입을 걸 그랬나, 별 소득 없는 생각이 머리를 스쳤다.

우진은 이곳 리뷰를 찾아보니 브런치 메뉴가 다 괜찮더라고, 알아서 주문하겠다며 키오스크 앞에 섰다.

"근데 다리는 멀쩡하네요?"

"다리요?"

"맨날 과장님한테 조인트 까였잖아요. 저렇게 4년 지나면 정강이 나가서 못 걷겠다고 생각했는데."

도연이 주문을 마치고 돌아온 우진에게 놀리듯 말했다.

"언제 적 얘기를 하고 그래요. 그리고 4년 차에는 안 까였거든요."

어제도 만나 농담을 주고받던 사이처럼 지난 몇 년간의 공백이 느껴지지 않았다. 우진은 선배 병원에서 일하다가 얼마 전에 동기와 함께 개원했다고 했다.

"폐쇄병동에서 유명했던 조현병 환자 기억나요? 김우진이 안 씻고 더러워서 자기한테 정신병 옮겼다고, 주치의 바꿔달라고 생떼 부려서 엄청 곤란해했잖아요. 그때의 김우진을 생각하면 진짜 성공했네."

도연은 오랜만에 만난 우진과 대화하며 한없이 가벼워지는 자신이 신기했다. 함께 웃던 우진이 살짝 웃음기가 걷힌 깊은 눈으로 물었다.

"이건 개인적인 궁금증인데 묻지 않으면 안 될 것 같아서 질문하지만 답하기 싫으면 안 해도 돼요."

질문을 길게 늘어뜨리던 우진이 도연의 손을 살폈다.

"결혼했어요?"

도연은 대답 없이 옅게 웃으며 우진을 보았다.

"수련 때 남자친구 있었잖아요. 성실하고 진중한 남자친구."

 우진이 다시 물었다.

 "있었죠. 근데 제가 성실하고 진중한 길을 벗어나서 차였어요."

 우진은 더는 이유를 묻지 않은 채 가만히 커피잔을 쥐었다. 그날은 도연의 이별 이야기도, 우진의 조카 일도, 테이블 위로 꺼내지지 않았다. 농담 같은 이야기만 주고받기로 약속한 듯이. 도연은 읽다 만 책에 꽂아둔 책갈피처럼 무현이 문득문득 만져졌다.

 친구 소개로 만난 무현은 모든 것이 반듯했다. 출퇴근 시간이 정확한 공무원이었고 행동과 태도가 예측 가능한 사람이었다. 그 예측 가능함이 주는 안정감이 좋았다. 그런데 도연이 병원에서 수련을 시작하면서 둘 사이에 균열이 생기기 시작했다. 수련 생활은 오전 8시에 일과가 시작됐고 퇴근 시간은 없었다. 아침마다 회진을 돈 후 심리검사나 상담, 사례회의를 마치고 나면 녹초가 된 채로 퇴근해 무현의 전화를 받지 못했다. 주말에는 밀린 보고서를 쓰거나 잠을 잤다.

 토요일, 집 앞에 찾아온 무현은 부스스한 머리에 트레이

닝복 차림으로 나타난 도연을 황당한 눈으로 보았다. 카페에서 마주 앉아 도연의 마음이 달라진 건지, 상황이 달라진 건지 물었고 도연은 그저 조금 힘이 든다고 말했다. 무헌은 도연의 수련 기간을 함께 견뎠다.

시간이 지나면서 약간의 여유가 생기자 한 달에 한두 번은 주말을 함께 보냈다. 전시회나 음악회를 찾았고 북토크를 신청했다. 무헌이 예약하고 도연은 따라갔지만 대체로 취향이 비슷해 무헌이 준비해둔 모든 게 좋았다. 무헌은 도연이 병원 밖의 즐거움을 놓치지 않았으면 한다는 듯 커다란 손으로 도연의 손을 꽉 쥐곤 했다.

운 좋게 수련받던 병원으로 취업이 확정된 후에는 결혼 얘기도 두어 번 오고 갔다. 신혼집 위치는 어디쯤이 좋을지, 생활비는 어떻게 할지, 아이는 언제 가질지…. 어떤 것도 결정되지 않아 해도 그만 안 해도 그만인 주제였지만, 대화를 하는 동안 둘의 미래가 그림처럼 그려졌다.

병원에서 근무한 지 3개월이 지날 무렵, 오후 상담을 마친 도연은 핸드폰에서 수차례 걸려온 아빠의 번호를 보았다. 무너진 아빠의 목소리를 들었을 때에도 앞으로 닥칠 일을 예상하지 못했다. 언니는 차에서 번개탄을 피운 다음 날

순찰 중이던 경찰에게 발견되었다. 이미 몸은 굳어 있었고 타살의 흔적을 발견하지 못해 자살 사건으로 빠르게 종결됐다. 언니의 장례를 치렀던 날의 기억은 거의 남아 있지 않았다. 울다가 맞절하며 3일이 지났고 화장터에서는 계속 멍하게 있었다는 걸 나중에 무헌에게 들었다. 장례식장에서도, 장례가 끝난 후에도 도연은 엄마와 아빠를 돌볼 여유가 없었다.

좀처럼 회복이 되지 않아 도연은 퇴사를 결심했다. 전문 상담사에게 심리치료를 받았고 진흙탕에 몸이 빨려 들어간 듯 움직이지 못할 때면 병원을 찾아가 약을 처방받았다. 의사가 우울증과 불면증으로 일상이 어렵지 않냐며 입원 치료를 권해서 일주일간 입원도 했다.

무헌은 수련 때의 도연보다 언니를 잃은 후의 도연을 더 견디기 힘들어했다. 말하지 않아도 서로의 몸과 마음이 점점 멀어지고 있음을 알 수 있었다. 심리치료가 끝날 때쯤 집 앞으로 찾아와 그만 만나자고 말하는 무헌에게 도연은 알겠다고 대답했다. 괜찮다고 말했지만 그는 꼭 돌려줘야 하는 물건처럼 도연에게 부러 이별의 이유를 쥐어주었다. 엄마가⋯ 무헌이 천천히 입을 뗐다. 자살한 언니가 있다는 것도 내키지 않았는데 도연이 정신과에 입원한 상황까지 받아들일 수 없다고….

"그만, 그만해. 알겠으니까 그만해."

무헌의 입을 급히 막고 마지막 인사도 없이 자리에서 일어났다. 예상했던 일이었다. 무헌은 예상 가능한 사람이었으니까. 도연이 예상하지 못했던 건, 무헌이 자신뿐만 아니라 다른 사람에게도 예상 가능한 사람이라는 것이었다. 무헌의 엄마는 아들이 어떤 사람인지 잘 알고 있었다. 어떤 선택을 할지도. 다만 행동으로 옮길 수 있는 약간의 용기가 부족했다. 결국 무헌은 엄마의 언어로 이별을 고했다. 무헌다운 선택이었고 무헌다운 결말이었다.

#8
사랑의 형태

시재가 건넨 페트병 안에는 붉은색 물과 밥알, 작은 사각형 모양의 흰 물체가 동동 떠다녔다.

"무를 이렇게 썰면 손목이 아작 나겠는데?"

맛을 보려면 상당한 모험심이 필요해 보이는 비주얼이었다.

"나는 안동 사람이지만 안동식혜 못 먹어요. 그렇지만 안동 다녀왔으면 안동식혜지. 일종의 굿즈랄까? 한번 잡숴봐요."

도연은 실눈을 뜨고 장난기 가득한 표정의 시재를 보았다.

"아까부터 묘하게 거슬리는데 너 왜 자꾸 웃어?"

"원래 웃상인데?"

입꼬리를 잔뜩 올린 시재는 남자친구가 생겼다고 속삭였다.

"우리 감자, 연애도 하고 다 컸다."

"내가 언니보다 연애 많이 했을걸. 먹고사느라 바빠서 연애는 당분간 쉴 예정이었는데 역시 남자들이 나를 가만두질 않네."

시재는 연신 생글대며 말을 이었다.

"언니, 사람들이 나만 보면 그렇게 세상 고민을 다 얘기한다? 다들 자기 얘기하느라 바빠. 어느 순간부터 나는 그런 역할을 하는 사람이구나, 인정했어요. 근데 내 얘기 물어봐준 사람은 이 오빠가 처음이야. 힘들지 않냐 그래서 내 삶은 원래 오종종하게 힘들었으니까 괜찮다고 말하는데 내가 울고 있더라. 뭐 이렇게 울어 쪽팔리게."

목소리가 한껏 상기되었다.

"그래서 사귀기로 한 거야?"

"모든 역사는 그렇게 이루어지는 법이니까."

"역사가 너무 쉬운 거 아니고?"

"쉽고 어렵고가 있나? 그런 순간이 있는 거지. 오빠는 내 눈이 자꾸 슬퍼 보인대. 처음이야, 내 눈을 슬프게 봐준 사람. 그런 사람이랑 어떻게 연애를 안 하냐?"

도연은 한껏 들뜬 시재가 신기하기도, 대단해 보이기도 했다. 도연은 언젠가 낡고 허물어질 사랑이 서글퍼 아무것도 시작하지 못했다. 사람에 대한 기대는 늘 볼품없었다.

"감자야. 왜 나에게 보이는 사랑은 다 초라할까? 유통기한이 지난 우유를 마셔도 될지 말지 고민하는 것처럼 나에겐 사랑이 딱 그래."

뭔가 대답을 하려는 듯 입을 달싹거리던 시재는 말문이 막힌 것처럼 입을 닫았다. 마치 눈앞에서 버스를 놓친 사람처럼 방금까지의 활력이 온데간데없이 사라졌다.

외할머니 손에 이끌려 엄마 집에서 탈출하듯 나왔을 때 시재는 드디어 집에 왔구나 하는 안도감을 느꼈다. 그 후 엄마는 종종 학교로 찾아와 시재와 언니에게 이것저것 먹이고 사 입혔다. 매일매일 쌓이는 미안함을 엄마는 그렇게 조금씩 덜어내고 싶어 했다. 당시 시재에게는 학교에서 유난히 괴롭히던 남자애가 하나 있었는데, 시재의 뒤통수를 때리고 도망치는 걸 엄마가 우연히 보았다. 엄마는 그 아이를 불러 세웠다.

"나 시재 엄만데 우리 시재한테 무슨 짓이야? 아줌마한테 시재는 되게 소중한 사람이야. 한 번만 더 우리 시재 괴롭히면 그때는 아줌마가 그냥 안 넘어갈 거야."

시재는 엄마에게 소중한 사람이라는 말을 그때 처음 들었다. 시재를 가장 하찮게 대했던 사람이 바로 엄마였는데. 시재는 자기 자신이 세상에서 제일 중요한 사람이 된 것 같았다. 엄마는 그날도, 그날 이후로도 학교생활 같은 건 묻지 않았지만 전적으로 자기 편인 것 같았다. 한동안 잠잠하던 남자애의 괴롭힘은 시간이 지나며 다시 시작되었지만, 남자애가 욕하면 시재도 같이 욕했고, 한 대 맞으면 두 대 때렸다. 그날 엄마가 만든 변화였다.

"그게 엄마가 저에게 보여준 처음이자 마지막 사랑이었어요."

시재가 고개를 들고 엷게 웃었다.

"내 사랑은 이렇게 다 작아요. 너무 작고 단순해. 그런데 그걸로 그냥 다 이해되거든요. 엄마와 할머니는 여전히 서로를 미워하지만 나는 나와 엄마의 사랑, 나와 할머니의 사랑만 생각해요."

"그게 분리가 돼?"

"내 사랑의 형태는 내가 만드는 거고 각자 기대하는 게 다르다는 걸 알면."

도연은 아무 말도 할 수 없었다.

"언니는 사랑이 너무 큰 거 아니에요? 언니가 기대하는 사랑이 너무 크고 훌륭한 모습이어서 작게 반짝이는 것은 초라해 보이는 거 아닐까?"

시재는 만호를 만나러 가야 한다며 남은 커피를 한 번에 마시고 일어났다. 도연은 시재가 떠난 자리를 길게 응시했다. 크고 훌륭한 사랑을 받은 적도, 준 적도 없는데 어느 틈에 그렇게 사랑에 대한 기대가 자라났을까. 작고 사소한 사랑이 얼마나 자신의 곁을 스쳐 갔을지 도연은 알 수 없었다.

#9

도연의 첫 번째 직업

민 교수의 도움으로 심리치료를 받으며 도연은 조금씩 몸과 마음을 회복했다. 긴 코마 상태에서 깨어난 사람처럼 다시 세상에 적응해야 했다. 일단 취업이 먼저였다. 조건은 단순했다. 집에서 30분 이내 거리, 대형 병원이 아닐 것, 먹고 사는 게 가능한 정도의 월급. 누구도 싸움을 걸지 않았지만 도연은 여전히 무언가와 싸우고 있었다. 그건 세상이기도 했고 누군가이기도 했다가 결국은 자기 자신이었다.

많은 것을 기대하지 않아서 금세 취업했다. 집에서 20분 거리에 있는 정신과 전문병원은 소문으로 익히 알던 곳이었다. 만성 환자들이 많아 관리가 잘 되지 않고 가족들이 운영해서 불합리한 곳이라고 했지만 상관없었다. 어차피 열심히 살지 않을 거니까.

계약서를 살피던 도연이 팀장이라는 남자에게 물었다. 오전 8시 반에 출근해서 오후 6시에 퇴근하고 토요일도 격주로 12시까지 일하는데 어떻게 주 40시간 근무냐고. 팀장은 점심시간이 한 시간 반이고 쉬는 시간까지 합하면 그렇게 계산이 된다고 했다. 입사하고 보니, 당연하게도 점심시간은 한 시간 반이 아니었고 쉬는 시간 같은 건 없다는 걸 알게 되었지만 도연은 아무렇지 않았다.

출근 첫날, 슈퍼바이저인 지원이 도연의 몫을 알려주었다. 느리고 차분한 말투와 깊은 눈매를 지닌 지원은 뭐든 꿰뚫어 볼 것 같았다. 지원도 한 달 전부터 이곳으로 출근해서 적응 중이었다. 실장인 자신은 수련생들의 슈퍼비전이 주 업무이기 때문에 직접 심리평가를 맡지 않는다고 했다. 이곳은 수련생 둘, 도연을 포함한 직원 둘이 전부였다. 수련생인 유림과 연희에게 매주 네 개의 심리평가가 할당되었고, 직원인 도연과 수경이 나머지 검사를 맡았다. 직원은 상대적으로 잡일이 적었다. 면담실이 덥고 추운 것 외에는 크게 힘들지 않을 거라고 했다.

허름한 지하 식당에서 다 함께 모여 점심 식사를 하는 동안 수련생 유림과 연희는 지원에게 환자 얘기를 하느라 바빴다. 수경은 도연에게 대형 병원에서 수련받았는데 왜 이런 곳에 취직했냐고 물었다. '이런 곳'에 담긴 복잡하고 함축적인 의미가 머릿속을 헝클었지만 더는 생각하고 싶지 않았다.

"집과 가까워서요."

"심플해서 좋네."

도연의 대답에 지원이 웃었다.

모두가 조금씩 분주했지만 도연의 일상은 평온했다. 심리평가를 하고 보고서를 쓰다 보면 하루가 금세 갔다. 퇴근 후에는 책을 읽고 음악을 들었다. 때로 괜찮은 전시회나 북토크 같은 행사를 발견했지만 혼자 가는 것도, 친구와 약속을 잡는 것도 번거로워 결제 창까지 넘어가지 못했다. 조용하고 지루한 하루하루가 흘러갔다. 이따금 언니 생각이 나면 가슴 한편에 칼 같은 바람이 일었지만 그 날카로움에 베이는 것도 조금씩 참을 만해졌다.

×××

 지원은 감정 동요가 크지 않은 슈퍼바이저였다. 어떤 질문에도 친절하게 설명했고 임상심리사는 늘 공부해야 한다고 강조하며 수경과 도연에게도 스터디에 참여하라고 했다. 느리고 나긋나긋한 지원의 말투는 어떤 결정이나 생각을 하기도 전에 고개를 끄덕이게 만들었다.

 도연이 병원 일에 어느 정도 익숙해지자 지원은 이제 심리상담을 시작해야 하지 않겠냐고 물었다. 다정하지만 단호한 지원의 말에 도연의 머릿속이 바빠졌다. 도연은 한 사람의 인생에 개입하는 것에 대한 부담감과 자신이 준비가 되어 있는지 확신이 서지 않아 상담을 미루고 있었다.

 "언젠가 해야 한다고 생각해서 공부하는 중이지만 아직 준비가 덜 된 것 같아요. 앞으로 스터디를 좀 더 하면서 책도 더 많이 읽고 나면 지금보다 낫지 않을까요?"

 혼내는 게 아니라는 걸 알지만 몸과 말이 움츠러들었다.

 "과연 그럴까요? 이미 읽은 책이 열 권은 넘을 텐데?"

 "몇 권만 더 보면…."

 "일단 시작해야 그때부터 무슨 공부를 어떻게 할지 알 수 있어요. 내담자가 준비 도구이지 책이 준비 도구가 아니니까요."

도연이 대답 없이 손끝만 보자 지원은 뭐가 그렇게 무섭냐고 물었다. 도연은 고백하듯 속마음을 털어놨다. 준비되지 않은 상담자를 만나야 하는 사람들에게 미안하다고.

"초심자에게 제일 필요한 건 그 미안한 마음이에요. 그 마음이 결국 공부하게 만들거든. 어떤 내담자에게는 상담사의 열심히 도와주겠다는 마음이 가장 필요하기도 해요. 빠른 치유가 정답은 아니니까. 당장 시작합시다. 내가 도와줄게요."

마음을 담은 지원의 조언에 다른 대답은 할 수 없었다. 그렇다고 바로 응할 수도 없어 시간을 조금 달라고 했다. 사흘이 지나자 지원은 참 시동 거는 데 오래 걸리는 사람이네, 하고 도연에게 파일을 건넸다. 파일 안에는 내담자 두 명의 정보가 들어 있었다. 물러설 곳이 없었다. 상담을 시작하고 슈퍼비전을 받으면서 공부하는 수밖에. 오래 생각하고 어렵게 결정한 것에 비해 상담 과정은 순조로웠다. 순조롭다는 건 중도 탈락하는 내담자 없이 꾸준히 상담을 이어간다는 의미였다.

도연은 회기마다 상담 내용을 정리해 슈퍼비전을 받았다. 굳이 하지 않아도 되는 일이었지만 불안한 것보다는 번거로운 게 나았다. 지원은 상담 과정을 꼼꼼히 들여다보았고 도연이 상담자에게 던진 질문을 도연에게 다시 묻기도 했다. 도연의 의도를 충분히 파악한 후에는 조금 더 나은 질문 형태를 만들어주었다. 몇 번의 슈퍼비전이 지나간 후 도연은 이전 상담 기록을 살펴보다가 조언이 정확하게 기억나지 않아 지원을 찾았다. 지원은 내민 자료를 그대로 옆에 두고 몇 초간 도연을 올려다보았다.

"내가 했던 말은 중요하지 않아요. 내가 어떻게 설명을 했든 쌤이 이해한 내용이 쌤에게 더 큰 의미가 있는 거니까 굳이 또 설명하지 않을래요. 자기 안에 수용된 의미에 더 깊이 관심을 가져보세요."

지원은 같은 말이라도 그 사람이 어떤 상태인지에 따라 다른 형태가 되기 마련이니, 그 모양에 집중하여 자신의 상태를 살펴보라고 덧붙였다. 그 의미를 이해하는 데까지 또 상당한 시간이 걸렸지만, 내담자뿐만 아니라 자꾸만 땅굴을 파고 들어가는 도연에게도 꼭 필요한 말이었다.

점심을 거른 지원이 빙글빙글 도는 원장의 말을 누구도 막지 못해 회의가 길어졌다고 투덜댔다. 도연은 지원 앞으로 케이크 접시를 밀어두며 직원들 점심시간 지켜주는 건 회사의 기본인데 요즘 기본이 지켜지지 않는 것 같다고 말했다.

"요즘 왜 이렇게 예민해요?"

"실장님이 바빠지면서 심리실에서 기본적인 것들이 점점 안 지켜지는 것 같아서요."

"예를 들면?"

"회사가 점심시간을 보장하는 게 기본인 것처럼 직원은 근무 태도가 기본이잖아요. 기본을 못 지킬 때는 어떻게 해야 하나 싶어서요."

한번은 해야 할 말이었고 그게 지금이라고 생각했다. 도연은 수련생들이 점점 느슨해진다고 느끼고 있었다. 특히, 연희의 근태 문제부터 느슨한 업무 태도가 눈에 밟혔다. 슈퍼비전을 받을 때나 업무를 알려줄 때도 멀뚱히 서서 들을 뿐 적지 않았다. 몇 번이나 와서 물어볼 정도면 적어둬야 하지 않냐고 해야 겨우 이면지와 펜을 들고 왔다. 외래환자의 검사 일정을 잡고 검사지 작성방법을 설명할 때도 늘 한

두 개씩 빠뜨려서 다시 안내해야 하는 경우도 빈번했다. 지원이 연희의 실수를 보고 작게 타박하는 정도로 대수롭지 않게 여기자 연희 역시 자기 실수에 점점 관대해지는 것 같았다.

"다른 걸 다 잘해도 기본이 안 돼 있으면 아무 소용없는 거 아닌가요?"

덧붙인 말에 지원이 입을 크게 벌리며 웃었다.

"쌤한테나 기본이지. 정해진 규칙을 지켜야 하는 그거, 쌤 거예요."

"그건 지켜야 한다고 돼 있는데…?"

도연에게는 당연했던 것도 지원의 입을 통하면 다른 길이 나왔다.

"매사에 왜 그렇게 진지해요? 하긴 도덕성과 책임감이 높은 사람은 진지할 수밖에 없지만. 그런 식으로 생각하면 모든 단어가 가진 의미를 다 지켜야 해요. 하물며 안녕하세요의 안녕이 편안 '안'에 편안할 '녕'인데 우리가 그 의미를 담아서 인사하진 않잖아요? 정해져 있다고 반드시 지켜야 하는 건 아니에요. 모든 건 다 개인의 선택이니까. 쌤처럼 규칙 지키는 걸 선택하는 사람이 있고 그걸 지키지 않는 불이

익을 감수하면서 다른 걸 선택하는 사람도 있고. 그러니까 연희 쌤 그렇게 노려보지 마요. 내 등이 다 따가워."

지원이 몸을 바르르 떨면서 어깨를 젖히고 등을 폈다.

도연은 지원과 마주할 때마다 머릿속에서 팝콘이 터지는 것 같았다. 팡팡팡팡. 작고 노란 옥수수 알갱이들이 온갖 모양으로 사방팔방 튀어 올랐다. 그러고 나면 개안한 듯 세상이 선명해졌다. 이렇게 머릿속에서 자꾸 팝콘이 터지다 보면 사람을 대하는 방식도, 세상을 보는 눈도 완전히 달라질 것 같았다. 지원이 섬세한 촉으로 소소한 감정이나 생각들을 집어낼 때면 처음으로 누군가에게 온전히 이해받는다고 느꼈다. 지원에게는 아무리 숨겨도 들켜버릴 것 같아 마음을 열지 않을 도리가 없었다.

마음을 내어주며 가까워지고 있다고 느낄 때쯤 지원은 도연에게 집에 어떤 비밀이 있는 것 같다고 말했다. 스치듯 건넨 말이었지만 도연의 마음이 툭 떨어졌다.

"대답은 중요하지 않아요. 쌤을 만났을 때부터 궁금했던 걸 물어볼 수 있는 관계가 되었다는 게 핵심이지. 그 정도로 가까워졌다는 거니까."

대답이 중요하지 않다는 지원의 말에, 도연은 더 말을 보태지 않았다. 다만 지원이 어디까지 느끼고 있는지 조금 무서워졌다. 동시에 구구절절 말하지 않아도 모든 걸 알고 받아줄 것 같은 지원에게 기대고 싶기도 했다. 하지만 누군가에게 자신의 영역을 내어주는 게, 그렇게 타인에게 취약해지는 게 도연은 두려웠다. 이곳에 입사하며 묵묵히 주어진 일을 하면서 평온하게 잡음 없이 살고 싶었던 도연의 유일한 다짐이 무너지고 있었다. 지원을 만난 이후 도연은 누구보다 열심히 살고 있었다.

×××

지원은 회의가 길어진 날, 수련생들의 보고서가 유독 엉망이거나 실수가 잦은 날이면 도연에게 함께 산책하자고 했다. 지원의 기분이 좋지 않거나 심기가 불편해 보이면 유림은 도연에게 작은 목소리로 지원과 산책을 다녀와달라고 부탁했다. 지원과의 산책은 점차 개인적인 이유로도 이어졌는데, 남편과 다투거나 컨디션이 좋지 않을 때도 지원은 도연의 손을 잡아끌었다.

지원이 학회를 다녀온 주말, 집에 있던 도연을 불러냈다.

둘은 작은 펍에서 함께 맥주를 마시며 허물없는 친구 사이처럼 이야기했다. 이날 지원은 남편과의 불화를 처음 꺼냈다. 줄기차게 정답만 피해가는 멍청이라는 걸 몰라서 결혼까지 하게 되었다고.

"정신과 전문의예요. 소개로 만났는데 부족한 것 없이 자라서 마음에 여유가 있는 사람 같았거든. 결혼하고 알았네. 풍족하게 사랑받고 자란 사람과 오냐오냐 대접받고 자란 사람이 한 끗 차이라는 걸. 꼴에 의사라고 집에서 얼마나 귀하게 대접하는지, 저 사람이 나온 의대면 나도 갈 수 있었어. 시댁에서는 내가 취집이라도 한 것처럼 무시하면서 자기 아들한테 우리 아들, 우리 귀한 아들 하는데 그 소리 듣기 싫어서 시댁을 안 가요."

물을 들이켜고 말을 이었다.

"남편은 시댁으로 퇴근해서 일주일이나 2주에 한 번씩 집에 와요. 가끔 기분이 되게 안 좋은 상태로 집으로 퇴근하고 며칠씩 시댁 안 가는 날이 있거든요. 뭔가 싶어서 유심히 봤더니 자기 엄마랑 싸운 날이더라. 다시 기분 좋아지면 엄마랑 화해한 거예요. 마마보이 새끼."

지원은 고등학생인 아들을 생각해 참고 있다고, 아들이

성인이 되면 이혼할 거라고 했다. 록 음악이 요란하게 울리는 공간에서 지원의 한숨이 조용히 쌓여갔다.

도연은 병원에서 볼 수 없는 지원의 모습을 혼자만 알고 있다는 사실이 좋았다. 병원 밖에서는 지원의 인간적인 모습을 만날 수 있었는데, 이따금 보이는 미숙하고 헐렁한 모습이 친근하게 느껴졌다. 이렇게 커 보이는 사람도 불완전하다는 게 조금은 위로가 됐다.

×××

"힘이 하나도 없다. 밥 먹으러 갈 사람?"

상담을 끝낸 지원이 허리를 반쯤 숙이며 사무실로 들어왔다. 연희가 엉거주춤 일어나려고 하자 옆에 있던 유림이 연희 옷을 슬쩍 잡아끌었다. 유림은 지원과 함께 하는 식사 자리를 아직도 불편해했다. 지원의 눈짓에 도연이 일어나 함께 병원 밖으로 나왔다.

저녁 식사 손님이 다 빠져나간 듯 한산한 백반집에 들어서자 정수리가 성성한 주인은 읽던 신문을 접어 옆에 두고 일어섰다. 동그란 쟁반 위에 올라간 반찬들이 테이블 위로 하나씩 내려지자 지원은 젓가락으로 눈앞의 반찬을 하나씩 집어 들었다.

"지랄하네."

도연이 슬쩍 지원을 쳐다봤다.

"지금 TV에 나오는 사람, 내 남편이에요."

TV에서 정신과 전문의가 가족 갈등에 관해 조언하고 있었다. 화면 아래에 '성인이 된 이후에도 사사건건 간섭하는 어머니와 어떤 관계를 만들어야 할까요?'라는 자막이 고정되어 있었다. 마마보이 전문가가 조언하는 건강한 모자 관계라니. 머리가 조금 벗겨졌지만 이목구비가 뚜렷한 지원의 남편은 단조로운 말투로 가족의 역동을 설명했다.

지원은 어이없다는 표정을 지으며 주인에게 다른 채널을 봐도 되냐고 물었다. 주인은 휙, 휙, 휙 채널을 돌리다가 트로트 경연 프로그램에서 멈추었다.

"뭐, 각자 가정마다 어려움이 있죠?"

지원이 깊은 눈빛으로 도연을 바라봤다.

모든 행복한 가정은 서로 비슷하고 모든 불행한 가정은 각자의 이유로 불행하다, 라고 썼던 어느 대문호의 소설이 생각났다. 모두 각자의 이유로 저마다 불행을 안고 사는데,

내 불행 하나 뭐 그렇게 대단할 게 있나 싶었다. 젓가락 틈 사이로 미끄러지는 청포묵 집기를 포기하고 도연은 젓가락을 내려놓았다. 머리와 마음이 고요해질 때까지 시간이 필요했다.

"…언니가 있었어요."

과거형으로 입을 뗐다. 지원은 큰 눈을 깜박이며 가만히 고개를 끄덕였다. 머리만 움직이는 노호혼 인형같이 표정에 변화가 없어서 감정을 읽을 수 없었지만 눈빛만은 집요했다. 말하지 않아도 다 아는 눈 같기도 했고 어떤 것을 털어놓아도 다 포용하는 눈 같기도 했다. 지원과 마주 앉은, 트로트 노래가 요란하게 울리는 한산하고 평범한 이 백반집이 도연은 안전하다고 느꼈다.

"언니가… 죽었어요. 일하던 곳에서 일이 좀 있었거든요. 제가 수련 마치고 병원에서 일할 때 그렇게 돼서 일을 그만뒀어요. 그리고 약물치료하면서 개인 상담 받다가 어느 정도 일상생활은 가능할 것 같아서 나온… 거예요."

"그래, 큰일이 있는 것 같더라."

지금은 어떠냐고 지원이 담담하게 물었다.

도연은 지원과 시선을 맞추지 못한 채 땅콩조림의 옅은

갈색 껍질에 군데군데 박힌 까만 점만 바라봤다. 도연은 자신이 어떤 상태인지 알지 못했다. 어떤 날에는 현실 같지 않고 어떤 날에는 너무 현실 같았다. 현실이라고 느낄 때에도, 현실이 아니라고 생각될 때에도 혼란스러웠다. 현실 같은 날에는 사고를 막을 기회가 있지 않았을까 자책하고, 현실 같지 않은 날에는 언니의 핸드폰으로 전화를 했다. 진짜 받을 것 같았으니까. 비록 한 번도 성공한 적은 없었지만.

막막했던 말들이 견고하게 막아둔 둑을 무너뜨리듯 터져 나왔다.

"그래도 말로 뱉고 나니 좀 낫죠?"

지원의 나지막한 말에 도연은 무엇이 나은지 알지 못한 채 가만히 고개를 끄덕였다. 지원의 요동 없는 표정과 놀라거나 미안해하지 않는 태도만으로도 충분했다. 때론 누군가의 말과 감정이 도연이 겪은 일을 거대하거나 안타깝게 만들었으니까.

#10

탈주하는 기차

늦은 오후, 유림은 한껏 구겨진 표정으로 도연과 함께 자신의 조언에 대한 내담자의 반응을 일일이 되짚고 있었다. 지원이 슬며시 다가와 빈 의자에 앉자 지원을 의식한 유림이 말을 멈추었다. 지원은 유림을 슬쩍 쳐다보더니 몸을 부르르 떨며 유림의 불안이 자신에게 옮는 것 같다며 자리에서 일어났다.

"실장님 너무 싫어. 저렇게 보이는 대로 다 얘기해야 해요? 내 불안을 누가 제일 잘 알겠어요? 당연히 나잖아. 굳이 말하지 않아도 너무 잘 알고 있다고요. 슈퍼비전 때마다 제 불안을 언급하거든요. 나도 알지만 어쩌지 못하는 건데 실장님한테 이런 말 들을 때마다 불안이 솟구쳐서 온종일 힘들어요. 적당히 모르는 척 넘어가는 것도 타인에 대한 배려라는 걸 모르나 봐."

유림은 자료를 접어 옆으로 밀치고 인상을 찌푸렸다. 노골적으로 불쾌함을 표현하는 유림의 말에 도연은 마음이 복잡했다. 도연이 닮고 싶던 지원의 송곳 같은 통찰력에 누군가는 마음이 찔리기도 했다.

지원은 심리실이 점차 독립된 역할을 할 수 있기를 요구했다. 환자 특성에 따라 다양한 치료 방법을 적용하면서 논문을 쓰는 것, 증명할 수 있는 치료기법들을 확장하여 임상심리사의 영역을 찾는 것, 치매, 발달 지체 같은 특수 영역에 대한 예방과 정부 지원사업도 염두에 두어야 한다고 했다. 지원의 계획을 듣다 보면 같은 배를 타고 같은 방향을 향해 가는 건 당연한 수순인 것 같았다.

지원은 누군가가 도연의 생각이나 의견을 존중하지 않으면 도연의 편이 되어 그들의 미숙함을 지적하면서도 자신의 지시에는 생각할 틈을 주지 않았다. 망설이거나 주저하면 아직도 깨지 못한 틀을 부숴야 지금보다 나은 자신을 만날 수 있다고 했다. 도연에게 틀을 깨는 것 외에 다른 선택지는 없었다. 지원의 통찰이 정확히 날아와 핵심에 딱 꽂히면 급소를 가격당한 것처럼 맥이 탁 풀려 몸과 마음이 흐물흐물해졌고, 도연의 의지나 생각 같은 건 아무 힘도 발휘하지 못했다. 시간이 걸릴 뿐 결국 지원이 이끄는 대로 따라가게 되었다. 지원은 도연에게 그대로 다 괜찮다고, 굳이 애쓰지 않아도 된다고 입버릇처럼 말했다. 어느 순간 지원의 세계에서는 그녀의 말을 따르는 것이 성장이었다.

지원은 점차 자신의 계획에 도연이 즉각 동조하지 않는 것과 기대만큼 적극적으로 행동하지 않는 것을 아쉬워했다. 도연이 생각을 행동으로 옮기기까지 시간이 필요한 사람이라는 걸 지원도 알았지만 계속 조바심을 냈다. 행동이 더딘 도연에 대해 지원의 인내심도 점차 사라져 시간이 지날수록 설명은 줄고 일방적인 역할은 늘었다. 자신의 결정을 믿고 따를 수 없냐는 강요와 부탁 사이의 애매한 지시를 들을 때마다 도연 딴에는 애를 쓰고 달렸다. 그러나 숨이 턱까지 차올라 잠시 숨을 돌리는 틈도 지원은 견디지 못했다. 먼 곳에서 가늠이 되지 않던 지점에 다다르면 지원은 더 높은 목표를 향해 손을 뻗어 목표점은 멀어지거나 안개처럼 흩어졌다. 지원은 기분에 따라 어떤 때는 시동 오래 걸리는 사람이 애쓴다며 등을 쓸었고 어떤 때는 아직 그 자리냐고 비난했다.

스터디나 슈퍼비전을 마칠 때마다 팀원들의 푸념과 불평이 쏟아져나왔다. 점차 스터디는 집단치료의 형태로 진행되었고 지원은 팀원들의 취약점을 건드렸다. 도연의 무거운 사유와 감정 처리의 버거움, 유림의 높은 불안과 예민함, 연희의 미숙한 대응 방식과 무능력함, 수경의 무기력한 태도와 사회성 부족 같은 것들을. 팀원들은 당혹스러움과 수치스러움을 어떻게든 숨기느라 아무런 리액션도 하지 못했는데, 지원은 계속해서 우리 공간의 안전함을 강조했다. 그리고 서로의 취약함을 드러내야 역동이 생기고 그 역동을 해결하는 과정에서 개인과 집단이 건강해진다고 했다. 그게 사실이라고 해도, 누구에게나 들키고 싶지 않은 비밀이 있고 타인에 의해 자신의 취약한 부분이 함부로 들춰지는 건 불쾌했다. 지원은 손가락 사이로 뱅글뱅글 돌리던 볼펜처럼 팀원들의 문제도 그만큼 가볍게 다루었다. 그 경솔

함을 덮기 위해 개인과 조직의 성장을 이야기하는 것처럼 보이기도 했다.

도연은 지금의 힘듦은 나중의 건강함을 위한 과정이지 않겠냐며 지원을 두둔했다. 여전히 지원을 믿고 싶었고 팀원들을 이해시키는 게 자신에게 맡겨진 숙제 같았다. 그러나 명분 없는 말은 팀원들에게 전혀 와닿지 않았다.

통찰력을 가장한 지원의 태도에는 다른 사람을 무시하는 듯한 시선이 깔려 있었는데, 지원은 도연과 단둘이 있을 때면 말을 거르지 않고 뱉어냈다. 수경이 스스로를 믿지 못해서 타인에게 쉽게 영향을 받는데 그걸 생각 없이 행동으로 옮긴다거나 연희가 오늘도 못 알아들은 것 같은데 그 정도 학교에서 석사까지 마친 거면 모를 법도 하다거나, 일일이 떠먹여줄 수 없는데 왜 다들 입만 벌리고 있는지 모르겠다고 했다. 염려와 험담이 섞인 말에 도연이 조심스럽게 입을 열었다. 수경이 수련생들을 틈틈이 살피며 돕는 방법을 찾고 있고, 연희도 예전보다 열심히 공부하고 있다고. 그러자 지원이 피식 웃었다.

"걱정이 비난처럼 들렸구나. 팩트를 말한 거예요. 내가 쌤들 나쁘게 보는 거 아니니까 그렇게 일일이 방어하지 않아도 돼요."

기울어진 시소의 한가운데 앉아 균형을 잡고 싶은 마음을 비웃듯 지원은 그 정도는 당연히 알고 있다는 표정을 지었다.

회의와 심리평가, 상담, 보고서 작성까지, 겹겹의 일정을 소화하느라 모두 야근이 일상이었지만 대체로 도연은 지원과 함께 마지막까지 남았다. 지원은 슬쩍 도연의 자리로 와 심리실 상황과 도연의 역할을 다시 확인했다.

등을 토닥이는 손바닥의 리듬에서, 평소보다 조금 빨라지는 말투에서, 순간적으로 예민해지는 눈빛에서, 지원의 조바심이 느껴지면 도연은 스스로를 다그쳤다. 감정의 파고 없이 평온함을 유지하려는 항상성이 도연의 기질이라는 걸 지원도 알았지만 적당히 무시되었다. 우리의 미래를 위해 어떤 면에서는 희생해야 한다는 지원의 말에 도연은 반박도 못하고 따를 수도 없는 굴레에 빠졌다. 도연의 둔탁함이 지원을 성가시게 했다. 몇 번의 설득과 위기가 지나가는 동안 지원은 못마땅한 표정을 여실히 드러냈다.

도연은 구름에 가린 어슴푸레한 빛이 작은 창을 통과하는 장면을 멍하니 보다가 팔뚝을 톡톡 건드리는 유림의 손길에 시선을 돌렸다. 스터디를 하는 오후 5시면 심리평가와 상담으로 진이 다 빠져 다들 비슷비슷한 표정으로 테이블에 둘러앉았다.

그날 스터디 주제는 가족 역동이었다. 스터디 방식에 익숙해진 팀원들은 순서대로 가족 이야기를 하며 불편한 내용은 적당히 삭제하거나 변형했지만 지원은 기가 막히게 숨긴 의미를 찾아냈다. 유림이 유년 시절 부모의 잦은 다툼을 이야기할 때부터 도연은 손이 차게 식고 입이 바짝 말랐다. 지원이 노련하게 유림의 어린 시절이 현재에 미치는 정서적인 부분과 핵심적인 의미를 짚어내자 유림은 지원의 조언에 동의하면서도 불편한 기색을 숨기지 못한 채 받아적었다.

"유림 쌤에게 중요한 건 어머니와의 정서적 분리겠죠. 어린 시절을 얘기하면 부모가 현재 문제의 원인이 되는 면을 언급해야 하는데 그게 참 불편하거든요. 어떤 내담자도 부모를 편하게 얘기하지 못해요. 비난하는 것 같으니까 말을 시작했다가도 번복하거나 본능적으로 그런 의미가 아니라는 식으로 부모를 보호해요. 우리의 역할은 상담실이 안전하다는 것, 그래서 이곳에서 하는 말들은 다 괜찮다는 것,

부모를 비난하는 게 아니라 나의 어려움을 이야기하는 것이라는 보호막을 내담자들이 잘 느끼도록 해주는 거예요. 그게 되면 내담자들이 근본적인 문제를 조금 더 내밀하게 얘기하는데 거기서부터가 진짜 상담이에요. 내담자뿐만 아니라 우리도 그래요. 지금도 봐, 가족 얘기 나오니까 다 불편해하잖아. 웃는 얼굴이 없어."

놀리듯이 웃는 지원을 보며 유림과 연희는 억지로 입꼬리를 올렸다. 지원은 상담자가 이 공간에서 불편함을 내어놓고 해결해야 내담자의 불편함을 분명하게 이해할 수 있다고 강조했다. 상담자가 튼튼한 울타리가 되어야 내담자가 그 안에서 걷고 뛰어가다 날아갈 수 있으며 상담자의 울타리가 부실하면 내담자는 넘어져서 깨진다고 했다. 그래서 상담자가 다룰 수 없는 내담자의 상처는 함부로 들추지 않는 게 제일 중요하다는 말을 덧붙였다. 상처의 깊이와 크기를 상담자가 함부로 재단하지 말 것, 내담자의 상처를 과소평가하지 말 것. 유림이 말한 부모와의 갈등은 흔히 있는 것이지만 개인마다 기질과 허용 범위가 다르다고 했다. 그래서 흔하다고 가볍거나 얕게 볼 문제가 아니라며 지금 유림의 불안 정도를 물었다. 유림은 입 밖으로 낼 수 있지만 편안하지는 않은 정도라고 조심스럽게 답했다. 지원은 만족스러운 표정을 지으며 도연을 보았다.

"이제 백도연 쌤 얘기를 들어볼까요?"

지원의 말에 모두의 시선이 도연에게 향했다. 도연의 머릿속은 스터디를 시작할 때부터 백지상태였다. 어떻게 이 상황을 모면할 수 있을지, 그것만 생각했다. 침묵이 길어지자 지원은 아무거나 괜찮다고 재촉했다. 도연에게 가족이라는 주제에서 그냥 뱉을 수 있는 '아무거나'는 없었다. 모든 것은 언니와 연결되어 있었고 언니는 아무거나에 포함되지 않았다. 예전에 심리치료를 받을 때에도 오랜 시간이 지나서야 겨우 언니를 언급할 수 있었고 이야기하는 내내 아팠다. 언니는 작은 불씨에도 쉽게 폭발하는 폭탄 같았고, 떠올리는 것만으로도 마음 곳곳에 커다란 구멍을 만들었다. 도연은 작은 불씨조차 감당할 수 없었다. 아직 언니 일을 다룰 때가 아닌 것 같다는 치료사의 말에 입을 닫으면서 비로소 바들대던 몸을 멈출 수 있었다. 마치 거대한 알에 갇힌 것 같았다. 치료를 받으며 서서히 균열을 만들기 시작했지만 그 틈을 통해 들어오는 미약한 바깥공기조차 때로 쓰나미처럼 느껴졌다.

어색한 침묵의 시간이 하염없이 흐르자 불편한 공기가 도연의 몸 가까이 달라붙었다. 겨우 입을 열었지만 입 밖으로 말이 나오지 않아 한참 뻐끔대자 지원은 "하!" 큰 소리를 내뱉었다. 지원의 차가운 한숨이 방 안을 가득 채웠다. 지원은 오늘은 여기까지 하자며 책을 챙겨 밖으로 나갔다.

스터디 이후 지원의 온도는 급격히 낮아졌다. 열어둔 냉동실 같은 서늘함이 주변에서 뿜어져 나왔다. 업무 지시 외에 개인적인 대화는 없었다. 도연은 달라진 온도의 이유를 묻지 못했고 지원은 다가오지 않았다. 하지만 그러한 불편함조차 또 다른 형태의 익숙함이 되었고 시간이 지나며 적당한 거리감이 오히려 편안하게 느껴졌다. 그 무렵 지원이 도연을 불렀다.

"자살 유가족 치유모임 예정된 건 알죠? 쌤이 맡아서 진행하세요."

지원은 아무 일 없었던 것처럼 담백하게 전달했다.

자살 유가족 치유모임의 리더라니. 치료가 필요한 부위에 곧바로 칼을 대겠다는 뜻이었다. 그 자리에서 제안을 받아들일 수 없던 도연이 생각해보겠다는 말로 한 걸음 물러서자 지원은 펼쳐두었던 책을 탁 소리 나게 덮었다.

"이거 부탁이 아니라 지시예요. 언제까지 쌤의 생각이 끝나기를 기다려야 해요? 아무리 기다려도 변한 게 없으니 이제 내가 방법을 바꿀게요. 두 달 후에 시작하니까 계획안 작성해서 제출하세요."

지원은 간단히 통보하고 수경을 불러 밖으로 나갔다. 지원이 돌아오기까지 한 시간 남짓한 시간 동안 도연은 아무렇게나 섞인 생각과 소란한 마음을 캄캄한 동굴 속에 가두었다. 상처를 후벼대는 지원의 말은 형벌 같았다. 비밀을 누설한 죄. 도연은 그 대가를 치르고 있었다.

지원은 팀원들을 회의실로 불렀다. 심리실 구조를 바꾸고 파티션을 넣겠다고 했다.

"새롭게 구성하려고 보니 공간이 좁아서요. 스터디룸을 별실로 만들고 그곳에서 환자들이 심리평가 안내를 받는 게 훨씬 효율적이겠더라고요. 검사지를 그리로 옮겨두면 환자들이 심리실 문을 여는 횟수도 지금보다 줄 테니 집중도 잘되겠죠? 본실과 별실 개념으로 생각하면 될 것 같아요. 수련생들은 슈퍼비전 받으면서 토론도 해야 하니까 별실로 옮길 수 없고…. 도연 쌤이 알아서 잘하니까 별실을 운영하면 좋겠는데, 도연 쌤 생각은 어때요?"

승진이라도 제안하는 듯한 말투였고 이 또한 부탁이 아니라 지시이면서 명령이었다. 그러겠다는 도연의 대답에 지원은 시원시원하고 좋네, 라고 덧붙였다. 팀원들은 각자 짐을 챙겨 지원이 만들어둔 스케줄 표에 따라 상담실과 심리평가실로 옮겨갔다.

"제가 이 자리로 옮겨야 하니까 짐 좀 정리해주세요."

수경이 도연의 어깨를 두드렸다. 오전 검사를 마치고 스터디룸 상황을 본 뒤에 짐을 옮겨도 되겠냐고 하자 수경은 떨떠름한 표정을 지으며 마지못해 알겠다고 답하고 자리로 돌아갔다.

도연은 이렇게 먼 거리였나 싶게 한참을 걸어 스터디룸에 도착했다. 문을 열고 어수선한 공간을 둘러보며 무슨 상황인지 생각해봤지만 짐작과 가능성만 맴돌 뿐 무엇 하나 정확하게 이해되지 않았다. 지원의 경고인지 처벌인지, 말 그대로 효율적인 사무실 운영을 위한 개편인지, 그 말 안에 다른 무언가가 있는 건지, 없는 건지 생각할수록 머리만 복잡했다. 생각해서 답을 찾을 수 있는 게 아니었다.

도연은 책상 옆 작은 테이블 위에 도구를 나열해두고 대기실에 앉아 있는 환자를 불렀다. 환자는 모든 것이 느려 도형을 따라 그리고 사람의 형태를 완성하는 데 20분이 걸렸다. 더 나은 결과가 나오지 않는데도 반복적으로 그렸다 지우는 환자와 느리고 지루한 시간을 공유했다. 두 시간 남짓이면 충분했을 검사는 세 시간이 지나서야 끝났다.

바뀐 거처를 몸이 인지하지 못해 걸음은 자연히 심리실로 향했고 심리실에는 어수선한 공사의 흔적만 남아 있었다. 어지러운 공간을 낯선 시선으로 훑다가 검사 도구를 있던 자리에 놓고 문을 열었다. 이어폰을 챙겨 병원 밖으로 나와 핸드폰을 열자 연희의 이름이 나타났다.

'도연 쌤! 검사 언제 끝나용? 실장님이 밖에서 점심 먹자고 해서 잔치국수 집 왔어요. 어딘지 알죠? 빨리 마치고 오쎄요!'

춤을 추는 듯 글자가 요란했다.

고맙…을 쓰다가 지우고 밥 생각이 없…을 쓰다가 지웠다. 이어폰을 귀에 꽂고 국숫집 반대 방향으로 천천히 걸었다.

오후 6시가 되어서야 모든 일정이 끝났다. 기다렸다는

듯 언제 짐을 옮기냐고 다시 묻는 수경에게 오전에 보였던 조심스러움은 찾아볼 수 없었다. 최대한 빨리 정리해달라는 독촉에 짐을 박스에 넣는 동안 수경은 지원과 함께 퇴근했다. 양해를 구해야 하는 것 아닌가 고개를 갸우뚱하다가 수경의 요구가 당연한데 자신이 예민한 건가, 라는 힘없는 생각이 그 위를 덮었다. 싸울 힘이 없는데 생각이 쉬지 않고 싸워서 정리하는 속도가 계속 늦어졌다. 작은 박스 두 개에 짐을 넣고 컴퓨터 파일을 정리하는 동안 연희가 부산스럽게 돌아다녔다.

"내일부터 스터디룸에서 지내는 거예요? 와우! 혼자 그 공간 다 쓰는 거네. 완전 부럽다. 실장님 눈치 안 봐도 되고. 개꿀. 자주 놀러 갈게요!"

진심으로 부러워하는 연희의 말에 도연은 맥없이 웃었다. 대충 짐을 넣은 박스를 스터디룸에 옮겨두고 병원 밖으로 나왔다. 무겁게 내려앉은 공기 속에서 어둑한 하늘을 보며 숨을 고르는 동안 안에서 무언가 툭 끊기는 소리가 들렸다.

다음 날부터 스터디룸으로 출근했다. 보고서를 쓰다가 환자가 문을 열면 검사지를 챙겨서 작성법을 설명하고 예약 날짜를 잡은 후 공유 파일에 내용을 적었다. 이 모든 건 수련생이 했던 일이지만 그런 건 중요하지 않았다. 자리만 바뀌었을 뿐인데, 지위나 위치까지 달라져 있었다. 작은 공간에서 보고서를 쓰고 상담과 검사를 하고 책을 읽었다. 점심때 식사를 챙기는 유림의 전화를 받으면 귀찮음과 불편함이 비슷한 크기로 마음을 짓눌렀다.

매주 하던 스터디는 격주로 변경됐다. 지원이 예전 같은 말투와 웃는 얼굴로 이 방에는 별일이 없냐고 물을 때마다 도연은 미소 지으며 다 괜찮다고 했다. 이곳에는 번거로운 것들만 있을 뿐 중요한 일은 일어나지 않았다. 별일이라면 쉽게 휘청이는 도연의 마음뿐이었다. 수경은 이전보다 적극적으로 스터디에 참여했고 지원은 북리딩을 수경에게 맡기며 스터디에서 빠졌다. 수경이 진행하는 스터디는 지원의 방식과 놀랍도록 비슷했는데 통찰이 빈 질문과 접근은 대체로 불쾌했다.

유배지 같은 스터디룸에서 도연은 무엇을 잘못해서 여기까지 왔을까 생각했다. 모든 이유가 모호하고 불분명해서 어떤 잘못이든 크게 부풀려졌다가도 가벼운 한숨에 먼지처럼 훅 날아갔다. 지원의 생각을 짐작하고 확신했다가 풍선처럼 터트리는 모든 과정이 성가셨다.

도연이 상담을 마치고 스터디룸에 돌아오자 노트북으로 보고서를 작성하던 유림은 흩어져 있던 원자료를 하나로 모았다.

"계속 도시락 싸서 출근해요?"

손을 바쁘게 움직이며 물었다.

도시락 쌀 때도 있고, 김밥 사 올 때도 있고, 편의점에서 뭘 사 오기도 하고. 약간의 진실과 대체로 거짓인 것들로 둘러댔다. 스터디룸으로 옮긴 이후 식욕이 거의 없어져 그냥 굶거나 근처 카페에서 커피 한잔으로 식사를 때우며 책을 읽었고 날씨가 좋으면 산책을 나갔다.

"점심은 같이 먹지. 실장님은 수경 쌤과 자주 나가니까 그때라도 우리랑 같이 먹어요. 언제까지 이렇게 있을 거예요?"

이렇게, 의 의미를 알지 못해 눈을 끔벅이다가 봉황의 뜻을 알게 되면 무슨 방법이 생기지 않겠냐고 대충 얼버무렸다. 도연의 대답에 유림은 못마땅한 표정을 여실히 드러냈다.

"진짜 다른 뜻이 있다고 생각해요? 이런 말까지 안 하고 싶은데, 수경 쌤 변화만 봐도 실장님이 수경 쌤과 어떤 이야기를 하는지 알 수 있죠?"

입을 열었지만 유림은 망설이고 있었다.

지원이 했던 말들을 짚어보면 어렵지 않게 짐작할 수 있었다. 도연의 취약함이 심리실에 미치는 영향, 걱정 같지만 결국 험담인 것들. 그것을 보완하기 위해 수경에게 힘을 실어주었을 테고 수경은 앞으로 지원의 지지를 등에 업고 여러 역할을 맡을 것이었다.

도연에게 스터디룸으로 옮기라고 할 때부터 유림은 좌천이라고 생각했지만 입 밖으로 내지 않았다. 유림뿐만 아니라 모두가 그랬다. 지원이 그렇게 단순한 이유로 결정했다고 믿고 싶지 않았다. 지원은 도연이 없는 곳에서 도연을 왜 스터디룸으로 보낼 수밖에 없는지 반복해서 설명했지만 공식적으로 표명한 부분 외에 다른 이유가 덧대지지 않았다. 지원은 팀원들이 기대만큼 적극적으로 동의하지 않자 도연이 수경에게 늦게 자리를 비워주던 상황까지 끌고 와 도연이 수동-공격적인 사람이라서 늘 행동이 미숙하다고 했다. 지원은 여러 가지 이유를 대며 자기 결정과 행동을 설명했는데 이를 위해 필연적으로 도연이 이용될 수밖에 없었다.

유림은 지원의 일방적인 공격도, 도연의 무력한 모습에도 신물이 났다. 유림 또한 한때는 지원의 말에 자신이 생각하지 못한 깊은 의미가 있을 거라고 여겼지만 결국은 변명이었다. 가장 수동-공격적인 사람은 지원이었다. 지원은 단 하나도 자기 문제로 여기지 않으면서 모든 결과를 도연의 책임으로 전가했는데 정작 도연은 지원이 지시한 일 외에는 아무것도 할 수 없었다. 지원은 아무에게도 자율성을 허락하지 않으면서 마치 거기에 자신의 깊은 뜻이 있는 것처럼 행동했다. 유림은 지원의 그런 태도가 지겨웠다가 무서워졌다.

"실장님이 그렇게 아끼던 도연 쌤도 한순간에 버림받았으니 언제, 어떤 이유로 같은 신세가 될지 모른다는 불안이 모두에게 있어요. 쌤에게 정리할 시간이 필요해서 기다리고 있다는 실장님의 말이 진실이라면 지금 수경 쌤한테 그렇게 힘을 실어주지 않겠죠. 수경 쌤은 실장님의 지지 때문에 따르는 것도 있지만 쌤처럼 버림받지 않기 위해서 발버둥 치는 것 같아요."

유림이 흥분을 조금씩 가라앉힌 뒤에 조용히 쏟아내는

말을 도연은 가만히 들었다. 얼마 전 유림이 상담의 방향을 잡기 위해 지원에게 조언을 구했을 때 지원은 참고하라며 자신의 상담 내용이 담긴 녹음 파일을 건넸다. 녹음 속의 내담자는 작은 어려움도 쉽게 넘기지 못하는 자신이 너무 답답하고 힘이 든다고, 조금 더 나은 사람이 되고 싶은데 진흙탕에 발이 빠져서 허우적대는 것 같다고 작은 목소리로 말했다. 잠시 공백이 있고 나서 익숙한 지원의 목소리가 들렸다.

"지금 모습 그 자체로도 괜찮아요. 굳이 더 나은 사람이 되려고 노력하지 않아도 돼요."

유림은 지원의 마법 같은 말을 몇 번이고 반복해서 들었다. 유림은 눈앞의 지원을 믿지 않았지만 녹음기 안에서의 지원은 진심으로 내담자를 지지했다. 내담자에게 당신은 그 자체로 충분하다고 믿어주는 사람이 도연에게는 왜 이렇게 가혹할까. 지원이 내담자에게 한 말도 진실이 아닐 수 있겠다는 의심이 고개를 들 때쯤 유림은 얼른 생각의 꼬리를 잘랐다.

"오늘이 아니면 얘기하지 못할 것 같았어요. 바짝 말라가는 풀 같으니까 햇볕 그만 쬐고 물 좀 많이 마셔요. 볕에 타

죽을까 봐 걱정돼."

유림은 노트북을 덮고 자리에서 일어났다.

지원은 점차 도연을 노골적으로 비난했다. 도연을 비난하는 그녀의 모습은 그동안 자신이 공들여 만든 성숙한 개인과 임상심리사의 모습에 흠집을 냈다. 유림과 연희는 가끔 스터디룸을 찾아와 지원의 말이 맞는지 확인하거나 지원의 지금 모습을 보는 게 힘들다고 하소연했다. 수경은 지원의 일인 심리평가와 상담 슈퍼비전, 스터디까지 모두 맡으며 업무 가중 상태였고 그 스트레스는 슈퍼비전을 받는 수련생들에게 고스란히 전달됐다.

도연은 초반에는 지원이 화난 이유를 모호하게라도 짐작했지만 내용이 조금씩 변질되면서 이제 무엇이 지원을 자극하는지조차 알 수 없었다. 어쩌면 도연 자체일지도 모르겠다는 생각에 이르자 폭주하는 기차에서 그만 내리는 것 외에 대안이 떠오르지 않았다.

오랜만에 찾아간 심리실은 많은 것이 변해 있어 자리를 옮긴 지원을 한 번에 찾지 못했다. 도연을 발견한 지원은 심리실에 어울리지 않는 이질적인 뭔가를 본 듯한 표정으로 도연을 바라봤다.

할 말이 있다고 말하는 도연에게 지원은 늘 이렇게 일방적이냐고 퉁명스럽게 대꾸했다. 아직 마무리해야 할 일이 있으니 20분 후에 스터디룸에서 만나자고 했다. 사전 연락 없이 찾아왔기 때문에 일방적이라고 했겠지만 전화하거나 문자로 물었으면 무례하다고 했을 것이다. 그렇게 생각하니 아무렇지도 않았다.

지원이 모든 책임을 도연에게 전가하는 것처럼 도연도 모든 원인을 자신에게 돌리는 게 지겨웠다. 테이블 끝에 앉아 초조하게 지원을 기다렸고 약속한 시각보다 10분 늦게 문이 열렸다. 지원은 테이블 위에 깍지 낀 손을 올려두고 도연이 입을 열기를 기다렸다.

"이쯤에서 그만하겠습니다."

전날 밤 수없이 연습한 노력이 무색하게 목소리가 떨렸다.

"무슨 뜻이에요?"

"…퇴사하겠다는 말입니다."

"…내가 이렇게 기다렸는데 결론이 그거예요? 잘 따라오겠다는 게 아니라?"

기다렸다는 말은 의외였고 잘 따라가겠다는 말을 기대했다는 것 역시 예상하지 못했다.

"끝까지 실망이네요. 요즘 나에게 쌤이 제일 큰 스트레스인데, 쌤한테 부담 안 주려고 한마디도 하지 않고 생각 잘 정리하라고 일부러 방도 따로 만들어줬는데 이게 그 결과라고요?"

"죄송합니다."

뭐가 죄송한지도 모른 채 도연은 맥없이 사과했다. 자기 자신을 위한 항변도, 최소한의 방어도 하지 않았다. 자신을 아무렇게나 다루는 지원처럼 스스로를 아무렇게나 던져두니 사과도 저절로 나왔다.

"…쌤이 과거에서 벗어나지 못하고 스스로 헤쳐나올 수 있는 힘도 없어서 쌤을 도우려고 했어요. 일부러 프로그램까지 맡겼는데 이렇게 매번 도망만 가네요. 진짜 너무 실망스럽다. 그 프로그램 쌤한테 맡기려고 내가 원장님을 얼마나 설득했는지 알아요? 스스로 극복하기 어렵다면 기회가 주어졌을 때 해결하려는 노력 정도는 해야지."

지원의 합리화를 위해 도연의 과거가 이용되리라고는 상상도 못했다. 지원을 똑바로 바라보는 게 도연이 할 수 있는 최대의 방어였다. 도연의 시선을 느낀 지원의 표정이 어색해졌다가 이내 원래의 얼굴로 돌아왔다. 지원은 이번 주 내로 업무를 마무리하라고 통보하고 자리에서 일어나 빠른 걸음으로 나갔다.

  도연이 제일 스트레스라는 것, 부담을 주지 않으려고 말을 하지 않았다는 것, 생각을 정리하라고 별도의 공간을 배정했다는 것, 도연을 위해 프로그램 진행을 맡겼다는 것, 모든 게 배려였다는 지원의 말은 조금씩 어떤 형태를 만들었다. 개인의 성장을 위해 상대에게 의도적으로 아픈 말과 행동을 하거나 불편한 상황을 만든다던 오래전 지원의 말이 생각났다. 모든 게 지원의 명분을 위해서였단 걸 한참을 돌고 돌아 이제야 깨달았다.

  도연은 문서함에서 사직서 양식을 찾아 사유란에 몇 문장을 쓰고 지우다가 결국 개인 사유라고 적었다. 길고 구차한 사연을 네 글자 안에 겨우 옮겨 담으며 후련했다가, 아쉽다가, 찝찝하다가 다시 후련해졌다. 종잡을 수 없는 마음이 시시각각 만져졌다.

  퇴사 날짜가 정해지니 힘겨웠던 출근 시간도 견딜 만했

다. 점심 식사 자리조차 가지지 않은 채 퇴사일이 되었다. 퇴근할 때마다 조금씩 물건들을 옮겨두어 퇴사 당일에는 가져갈 짐이 거의 없었다. 마지막으로 심리실에 들렀을 때 지원은 조퇴한 상태였고 수경은 그동안 고생했다고 짧게 인사했다. 조만간 같이 식사를 하자는 유림과 연희의 배웅을 받으며 병원을 나섰다.

구석구석 숨겨져 있던, 도연조차 인지하지 못하고 있던 내밀한 것들이 투명하게 보였다. 상처를 들키지 않기 위해 숨어 들어가던 시간들, 그 시간 안에서 살기 위해 발버둥 치던 자신과 도연의 취약함을 이용하던 지원의 방식 같은 것들이. 도연은 발가벗고 있는 듯 부끄러웠지만 숨을 곳이 없었다. 몸과 마음이 함부로 비집고 들어온 침입자에게 짓밟힌 것 같았다. 선명하게 남겨진 구둣발은 어떻게 해도 지울 수 없는 낙인 같았다. 도연은 내팽개쳐진 자신을 그대로 둘 수 없었다. 해진 마음을 끌어안으며 다짐했다. 누군가의 말에 너무 큰 의미를 부여하지 않겠다고, 일로 만난 사람에게 마음 따위 주지 않겠다고, 다른 사람에게 나의 어떤 것도 맡기지 않겠다고, 쉽지 않은 사람이 되겠다고, 참지 않겠다고, 무엇보다 나 자신을 지키겠다고.

#11

두 사람의 거리

도연은 점심시간에 사무실에서 책상에 엎드린 채 미동도 없는 선이의 어깨를 두드렸다. 부스스 몸을 일으킨 선이에게 샌드위치 하나를 건네고 자기 몫의 포장 종이를 벗겼다.

"동옥 계장님이 준 사건 정리해야 하는데 못 하겠어요. 내일 사건 청구인 작은아들이랑 손녀가 오기로 했거든요. 지금이라도 봐야 하는데 당장 써야 하는 보고서가 세 개고…."

선이의 어깨가 축 늘어졌다

"진상 할머니라고 동옥 계장님이 며칠 동안 욕하던 그 사건이죠? 그거 왜 순서대로 배당 안 받고 계장님이 가져갔어요?"

"재배당 사건 힘들잖아요. 그냥 제가 한다고 했어요. 그게 마음 편해요."

할머니가 어린 손녀를 돌보기 위해 후견인 신청을 한 사건이었다. 다른 조사관이 이미 시작한 사건을 다시 맡는 건 누구나 부담스러워하기 때문에 재배당이 불가피할 때는 배당 순서대로 다시 받는 게 통상적이었다. 그 규칙을 동옥이 깨고 선이에게 직접 전달한 건 선이가 순순히 받아줄 것이라 예상했기 때문이라는 걸 누구도 모르지 않았다. 도연이 무거운 얼굴로 선이를 바라보자 선이가 싱겁게 웃었다.

"그 청구인 할머니, 생각보다 괜찮았어요. 큰아들이 요양병원에 있으니 마음 편할 리 없죠. 좀 까칠하고 중간중간 날카롭기도 했지만 그 집 사정 생각하면 이해 못 할 바는 아니고."

선이는 남은 샌드위치를 한입에 다 넣고 걱실걱실 씹어 삼켰다.

다음 날 대기실에 서 있는 익숙하고 반가운 뒷모습이 도연의 눈에 띄었다.

"우진 선생님, 여기서 또 뵙네요?"

"아, 일이 있어서 왔어요."

뒤에서 한 아이가 뛰어왔다.

"삼촌!"

우진은 아이를 번쩍 안아 올렸다.

"제 조카예요."

도연은 전날 선이가 말했던 후견인 신청 사건이 떠올랐다. 법원에서 처음 우연히 만났을 때, 우진은 조카 일 때문에 법원에 왔다고 했다. 도연이 숙제처럼 남겨두고 아직 묻지 못했던 질문이었다.

조카가 낯가림이 심해서 예정된 날짜에 조사를 못 하고 다시 데려왔다고, 이미 오후 2시라 다시 병원으로 돌아가 진료 보기는 애매하겠다고, 우진이 두서없이 이야기를 털어놨다. 작고 여린 조카의 얼굴을 보니 어쩐지 우진에게도 아직 풀 수 있는 문제가 아닌 것 같았다.

그날 저녁, 도연은 퇴근 후 별 하나 없는 캄캄한 하늘을 올려보다 가로등 불빛에 부신 눈을 쓱쓱 비볐다. 잠시 물러났던 오후의 기운이 밀려왔다. 우진에게 형이 하나 있었다는 사실도, 초등학교 때 폭우가 쏟아지는 날이면 등교도 하지 않고 형과 함께 집에서 놀았다는 이야기도, 유난히 조카를 아끼던 모습도 하나둘 선명해졌다. 불과 몇 년 사이의 공백이 도연에게는 건너갈 수 없는 심연처럼 느껴졌다. 우진의 시간을 가늠해보려 했지만 짐작조차 되지 않았다.

"혹시… 오늘 시간 괜찮으세요? 제가 분위기 좋은 이자카야를 아는데."

"술은 마시지 않습니다."

"…하이볼도?"

"하이볼도 술이고요."

우진은 단호했다. 도연은 구차해져 그만 말을 멈췄다. 멀쩡한 가로등 불빛이 툭 꺼지는 것 같았다. 이렇게 거절당할 일인가. 도연은 우진의 냉랭함을 이해할 수 없었지만 무안한 마음이 그 이유를 자꾸만 찾게 했다. 조카와 함께 사라지던 우진의 뒷모습이, 도연의 곁에 짧게 머물다 사라졌던 모든 것이 떠올랐다 흩어졌다.

#12

스산한 시절

언제부턴가 시재의 연락이 뜸해졌다. 전화나 카톡에도 오래된 수건처럼 버석버석한 대답이 돌아왔다. 이자카야에 놀러 가겠다는 말에는 손님이 많다며 만류했고 따로 만나자는 제안은 다음으로 연기했다.

시재가 중고마켓에서 검색하던 게 생각나 주문한 밥솥이 한참 전에 도착했지만 선뜻 말을 붙이기 어려워 연락을 미루었다. 식탁 아래 테이프도 뜯지 않은 박스를 노려보다 핸드폰을 열어 몇 번이고 문장을 쓰고 고쳤다. 괜히 신경 쓰게 하고 싶지 않아서 경품으로 받은 건데 필요 없어 주는 거니 아이스크림이나 하나 사 오라는 뻔한 거짓말을 덧붙여 전송했다. 그 말 하나 보내는 것에도 힘이 빠져 핸드폰을 침대 위로 던져두었다. 신경 쓰지 말자고 하면서도 숫자 1이 사라졌는지 자꾸 확인하다 자리에서 일어나 개수대에 놓인 컵을 씻었다.

한 시간 후에 도착하겠다는 시재의 답장을 보고 청소기로 구석구석 밀고 얼마 남지 않은 김치를 탈탈 털어 김치볶음밥을 만들었다. 초인종 소리와 함께 켜진 인터폰에 시재의 작은 얼굴이 흐릿하게 나타났다. 애써 웃어 보였지만 얼굴에는 생기가 없었다.

시재는 하겐다즈 파인트가 다섯 개 들어 있는 하얀 비닐봉지를 들어 보였다. 콘 하나면 되는데 뭐 그런 비싼 걸 샀냐는 말을 삼키고 손가락으로 냉동실을 가리켰다. 밥솥을 대신하는 값이라 고민하며 골랐을 터였다. 냉동실 문을 연 시재가 주춤하더니 작은 건강음료 통 하나를 들어 유심히 살펴보았다. 시재가 준 안동식혜는 도무지 적응되지 않았지만, 시재 외할머니의 정성을 생각하면 버릴 수 없어 냉동실에 얼려두고 적응하면서 먹을 셈으로 작은 통에 나눠 담아두었다. 시재는 작은 통을 제자리에 넣고 그 위에 자신이 사 온 아이스크림을 포개어 얹은 뒤 냉동실 문을 닫았다.

도연은 시재와 마주 앉아 크기가 제각각인 스팸 조각과 김치로 가득한 볶음밥을 한 숟가락 크게 떠서 입에 넣었다.

"생각보다 요리 잘하네."

시재의 건조한 말에 도연은 너덜너덜하게 찢긴 계란프라이를 들어 올렸다.

"얼마나 최악을 상상하면 이게 잘한 거냐?"

괜한 장난에도 시재는 반응 없이 김치볶음밥을 떴다.

"어이! 웃상 감자! 연애하는 애 얼굴이 왜 그래?"

"끝났어요. 나쁜 새끼. 지켜주겠다더니 콘돔은 느낌이 안 난다고 싫대요. 그래서 안 한 댔더니 사후 피임약 사다 준다네? 얘 뭐지 싶어서 머리 한 대 때리고 끝냈어요. 나 만나는 동안 같이 일하는 언니한테도 눈이 슬퍼 보인다고 작업 걸었더라? 작업 멘트에도 이렇게 성의가 없어요. 최소한 내용은 바꿔야 할 거 아니야. 내가 심신이 피로하던 때라 그 후진 멘트에 넘어가서 후진 연애를 하고 후지게 헤어졌는데 먹고사는 문제 때문에 알바를 관두지도 못하는 게 최악이야. 그래서 지금도 일주일에 한 번은 만나야 해요. 내 눈치 볼 때마다 눈 찌르고 싶은 거 참는 게 요즘 가장 큰 미션

이다."

"뻔한 상황에서 뻔한 고민 하는 것보다 훨씬 낫네. 머리 한 대 때리고 정리한 너를 칭찬해."

시재의 평소보다 투박한 말투 속에서 상처와 공허함이 보였다.

"감자야, 밥 먹기 싫어도 잘 챙겨 먹고 잠도 잘 자. 그것만 해. 다른 건 나중에 해도 돼."

시재는 김치볶음밥을 남김없이 다 먹고 밥솥 상자를 가슴께까지 올려 안은 채 집을 나섰다. 슬슬 해가 넘어가는 시간, 도연은 스산한 바람을 느끼며 버스정류장까지 걸어가는 시재의 뒷모습을 베란다에서 지켜보았다.

×××

그 후로도 시재는 연락이 잘 닿지 않았다.

'감자야, 안동 출장 잡혔는데 집에 가면 데려다줄게.'

'그럼 돌아오는 길에 부탁해도 돼요?'

전송한 지 두 시간이 지나서야 답이 왔다.

봄볕이 환하게 들어찬 길에 시재가 커다란 쇼핑백을 양

손에 든 채 느리게 걷고 있었다. 무거운 짐 때문인지, 축 처진 기운 때문인지 시재는 금방이라도 바닥으로 꺼질 것 같았다. 보조석 창문을 내려 지나가는 시재를 부르자 시재는 순간 의식이 돌아온 것처럼 고개를 들었다.

"언니 덕분에 편히 가요. 감사해요."

시재는 트렁크에 가방과 쇼핑백을 싣고 옆자리에 앉아 퀭한 눈으로 창밖을 보았다. 평일 낮의 고속도로는 한산했다. 한 시간쯤 달리자 시재는 감았던 눈을 뜨고 창문에 얼굴을 바짝 댔다. 도연은 시재가 무슨 생각을 하는지, 어떤 일이 있었는지 궁금했지만 묻지 않았다. 누군가의 관심조차 또 다른 호의로 돌려줘야 하는 빚 같은 거니까. 핸드폰을 꺼두고 몇 날 며칠 침대에만 누워 지내던 자신의 모습이 떠올랐다. 도연은 그때 느꼈다. 때로는 무심함도 최고의 다정함이 될 수 있다는 걸.

도연이 고속도로 휴게소에 차를 대고 내리자 시재는 화장실도 가지 않고 스낵 코너로 향했다. 둘은 파라솔 아래 테이블에 자리를 잡고 아이스아메리카노와 구운 감자, 소떡소떡을 펼쳤다. 낯선 사람들로 북적이는 휴게소의 활력이 두 사람의 침묵을 메웠다. 소란스러운 틈에 시재가 입을 열었다.

"안동까지 출장 가요?"

"안동도 가고, 대구도 가고, 광주도 가고, 제주만 못 갔네. 제주 출장 가면 그 핑계로 며칠 쉬다가 올 텐데 그걸 못 했어."

"왜 이렇게 멀리 출장을 다녀요?"

이혼소송 할 즈음에는 많은 부부가 이미 별거한 상태다. 아직 부모의 손길이 필요한 아이들은 본가에 맡겨지고 조사관은 아이들이 잘 있는지 확인했다.

초기에 지방 출장을 다닐 때는 대중교통을 이용했지만 어떤 지역은 버스 배차 간격이 너무 길어서 한 시간씩 기다려야 했다. 장대비가 쏟아지던 여름날, 택시 하나 지나가지 않는 길을 걸으며 차를 사야겠다고 결심했다. 예전에 무헌이 운전기사를 자처할 때마다 귀찮게 하는 것 같아 신경이 쓰였지만 고마운 마음이 앞섰다. 무엇보다 보호받는 느낌이 좋았다. 그때까지만 해도 도연은 직접 운전하는 맛을 몰랐다. 자신이 이렇게 운전을 좋아하는지도. 세상엔 꼭 경험해야만 알 수 있는 게 있었다.

"차 있으니까 여름에는 시원하고 겨울에는 따뜻하고 봄

과 가을에는 변해가는 자연도 볼 수 있어서 좋아. 힘든 것보다 좋은 점이 더 많아. 사랑한다, 내 직업."

평소의 도연이라면 하지 않았을 과장된 말에 시재가 흐릿하게 웃었다. 자신의 이야기로 곧바로 돌진하지 않고 가장자리를 맴돌고 있는 도연의 배려를 시재는 알고 있었다.

"너 안동 가는 날과 시간이 맞았네?"

"갈까 말까 했는데 언니가 물어봐서 가기로 한 거예요."

아메리카노를 빨대로 쭉 빨았다.

얼마 전 시재는 엄마의 이혼 소식을 들었다. 시재가 엄마보다 외할머니를 먼저 걱정한 이유는 외할머니의 축축한 목소리 때문이었다. 집에 내려가봐야겠다고 생각했지만 좀처럼 발이 떨어지지 않았는데 실제로 발을 뗄 힘이 없어 며칠 동안 침대에 누워 누렇게 바랜 천장만 보았다.

한동안 엄마는 늦은 밤 잔뜩 취한 상태로 시재에게 전화해 너 때문에, 네가 아빠라고 부르지 않아서 이렇게 되었다며 울었다. 엄마의 고성을 들으며 엄마는 결국 이혼하겠구나, 정확히는 이혼당하겠구나, 생각했다.

친아빠와의 이혼은 엄마의 인생에서 가장 큰 오점이었다. 실패를 만회하기 위해 기필코 새아빠와 가정을 유지해야 했고 화목해 보여야 했다. 흠 없는 가정을 만드는 게 엄마의 일생일대 목표였다. 엄마와 새아빠 사이에서 남동생이 태어났을 때 엄마는 목표의 반을 이룬 것처럼 기뻐했다. 재혼 가정임을 누구에게도 알리고 싶지 않았던 엄마는 학교에서 보낸 가족관계 서류에 새아빠 성을 시재의 성으로 바꿔서 썼다.

새아빠가 운영하는 식당이 생각처럼 잘되지 않으면서 새아빠와 엄마가 자주 다투었다고, 시재는 언니에게 들었다. 가게 월세를 내기 위해 외할머니에게 도움을 청했지만 외할머니는 돈이 없을뿐더러 엄마가 괘씸해서 거절했다고 했다. 외할머니의 거절을 자신에 대한 무시로 해석한 새아빠는 엄마에게 이혼하자고 했는데 그건 이혼을 실패로 여기는 엄마를 자극하기 위함이었다.

엄마는 어떤 날엔 새아빠에게 소리를 지르고, 어떤 날엔 사정을 하고, 어떤 날은 외할머니를 찾아가 원망했다. 그 무렵 언니는 산책을 많이 했다. 요즘 운동 많이 하네, 별 뜻 없는 시재의 말에 언니는 엄마가 집에 와서, 라고 대답했다. 하염없이 걷는 일은 운동이 아니라 언니가 숨 쉬는 구멍이었다.

엄마의 전화는 가족을 원망하다 통곡하는 단계에 이르러야 끝이 났다. 매번 꺼이꺼이 숨넘어갈 듯 우는 엄마의 목소리를 들으며 눈물은 마르지 않는 샘 같은 거구나 생각했다. 엄마의 전화는 숙제 같았고, 숙제가 끝나야 시재는 비로소 잠들 수 있었다. 숙제를 마친 시각은 밤 11시일 때도 있었고 새벽 2시일 때도 있었다. 시재는 엄마의 전화를 지긋지긋해하면서 매일 밤 기다렸다. 빨리 숙제를 마쳐야 하루가 끝났으니까.

 엄마가 저 상태면 동생은 누가 돌보지? 남아 있는 남동생을 걱정하다가 매일 밤 이유 없이 분노에 휩싸이면서도 여전히 누군가를 걱정하는 자신이 조금 웃겼다. 이야기를 듣던 친구는 그건 웃긴 게 아니라 슬픈 거라고 했다. 그 말을 듣고 나니 진짜 자신이 좀 불쌍해져서 입을 닫았다.

 시재는 엄마의 울분에 찬 목소리를 듣고 나면 외로워졌다. 화가 나거나 슬픈 게 아니라 외로웠다. 만호를 만난 건 전날 유독 길었던 엄마의 한풀이 때문이었다. 대게는 전화를 끊고 음악을 듣거나 핸드폰으로 게임을 하다 보면 불편한 마음이 조금 옅어졌다. 그러나 그날 엄마의 "너만 없었으면"이라는 말이 남긴 외로움과 두려움은 좀처럼 가시지 않았다. 그날 밤, 베개에 얼굴을 묻고 조금 울었다. 머리를 묻은 채로 엄마처럼 소리 내 펑펑 울고 싶은데 혼자 있으면서도 이렇게 숨죽이고 우는 자신이 한심했다.

다음 날 통통 부은 눈을 만호가 봤다. 슬퍼 보인다고 했던 그 눈. 슬퍼 보였다기보다는 그냥 부었던 것이지만 그걸 봐주는 사람이 있다는 게 고마웠다. 존재를 알아봐주는 사람. 존재를 부정당해본 사람에게는 그게 가장 큰 위로였다. 그런 날을 조심해야 한다. 아무나 마음속에 속절없이 침투해버리니까.

외할머니 집에서 만난 엄마는 술에 잔뜩 취한 채 시재에게 너 이 새끼, 하고 한참 울었다. 한동안 매일 밤 전화하던 그 모습 그대로였다. 네가 아빠라고 안 불러서, 니들이 외할머니 집에 살아서, 외할머니가 니들 편만 들어서, 외할머니가 도와주지 않아서, 외할머니가 사위 대접을 안 해서…. 전부 다 시재와 언니, 외할머니 때문이라면서 울었다.

외할머니는 엄마의 원망을 들으며 엄마 등을 묵묵히 쓸었다. 외할머니에게 안겨 엄마, 엄마하고 우는 엄마는 동생보다도 작아 보였다. 실컷 운 엄마는 눈물을 닦고 외할머니가 내어준 식혜를 앉은 자리에서 꿀꺽꿀꺽 다 마셨다.

"엄마 진짜 싫은데 술만 마시면 엄마 식혜가 생각나는 것도 짜증 나. 다른 식혜는 안 되고 꼭 엄마 식혜여야 하는 게 얼마나 짜증 나는 줄 알아?"

그러고는 다시는 안 올 것처럼 자리를 박차고 일어났다가, 다음 날 같은 모습으로 나타났다.

휴게소를 빠져나온 도연과 시재는 한적한 시골길을 달렸다. 흐드러지게 핀 꽃들이 바람을 타고 이리저리 몸을 흔들었다. 창밖을 멍하니 바라보던 시재가 천천히 입을 열었다.

"요즘 내 인생이 겨울이어서 봄이 온 줄도 몰랐네. 겨울이 너무 길다. 근데 내가 사는 동네랑 여기 핀 꽃이 다른 거 같은데?"

"아마 며칠 뒤에는 우리 동네에서도 보일걸. 여기가 조금 빠른 거 같아. 얼마 전에 집 근처를 산책하다가 나란히 서 있는 벚나무가 예뻐서 한참 봤거든. 한 나무에는 꽃이 다 열렸는데 다른 한 그루에는 봉오리만 있는 거야. 한낮인데도 아파트 때문에 그쪽만 그늘이 길게 지더라고. 그런데 비가 막 쏟아지던 날 꽃잎이 다 떨어졌는데 비 그치고 나니까 그 나무 혼자 꽃을 피우더라."

대답 없는 시재의 얼굴이 조금은 말갛게 보였다.

"그러니까 언젠가 피긴 펴. 때가 되면."

잠들었나 싶어 시재를 돌아보니 시재는 여전히 창밖을 내다보고 있었다. 어느덧 도로 위에 어둠이 깔리고 자동차들이 조금씩 어둠을 밀어내며 달렸다.

#13

로봇 티셔츠를 입은 남자

청구인 이인수.

정신과 질환(조현병) 있음.

면접교섭 시 조사관 동석 바람.

대리인 동반 출석 예정.

전달받은 기록 위에 담당 판사가 손으로 휘갈기듯 쓴 메모가 붙어 있었다. 이번 사건 쉽지 않겠네. 도연은 낮게 탄식했다.

거뭇한 턱수염이 듬성듬성 난 남자는 구겨진 정장 바지

에 로봇 캐릭터가 그려진 회색 티셔츠를 입고 있었다. 어딘지 조금 기이해 보이는 그는 의자에 앉자마자 흐린 눈으로 조사실 전체를 훑더니, 까만 공 같은 CCTV를 한참 바라봤다. 도연은 조사 중 발생할 수 있는 사고를 사전에 방지하기 위해 설치된 것이라고 설명했다. CCTV의 존재가 못마땅한 듯 미간을 찌푸린 그는 다시 작은 공간을 구석구석 살폈다. 도연은 조용히 남자의 탐색이 끝나기를 기다렸다.

도연은 자신을 담당 조사관으로 소개하고 기본적인 인적 사항을 확인하기 시작했다. 최종학력과 직업을 묻자 남자는 어디서 사주를 받았냐고 의심했다. 불편하면 대답하지 않아도 된다는 말에 남자는 더욱 흥분했다.

"대답 안 해도 되는 질문을 도대체 왜 하는 겁니까?"

부릅뜬 눈을 보니 조사는 의미가 없을 것 같았다.

"우리 로운이 만나는 방법을 같이 얘기해볼까요?"

아이 이름에 남자는 반짝 정신이 돌아온 듯 고개를 끄덕였다. 하지만 이내 양손으로 귀를 막았다.

"우리 아들 만나야 하는데 지난번에도 법원에서 못 만나게 했잖아요. 오른쪽에서 우리 아들 만나면 죽인다고 하는데 내가 지킬 거예요, 우리 아들!"

환청과 망상으로 일상적인 대화조차 되지 않았다.

"로운이 만나는 게 제일 중요하니까 그 날짜를 잡아볼게요."

화제를 돌리자 귀에서 손을 떼고 오른손으로 귀 옆을 휘휘 털었다.

"법원 안에 아이를 편안하게 만날 수 있는 곳을 만들어두었어요. 들어오는 입구 오른편에 있는 키즈카페 같은 곳에서 로운이를 만날 수 있어요. 로운이 못 본 지 오래됐으니까 그곳에서 한 달에 두 번, 한 시간씩 몇 번 그렇게 만나다가 괜찮으면 외부에서 만나는 날을 정할 수 있어요."

차근차근 단어마다 강조하며 설명했다.

"왜 한 시간만 봐요? 왜 여기서 정해요? 또 우리 아들 못 만나게 하려고. 또 나 병원에 가두고 우리 아들 데려가서 고문하려고!"

망상이 좀처럼 잡히지 않았다.

"지난번에 판사님 만났죠? 판사님이 병원에서 치료 잘 받아야 로운이 오래 만날 수 있다고 한 거 기억나요?"

질문에 남자가 고개를 끄덕였다.

"약 잘 먹어야 로운이 계속 만날 수 있어요. 예전처럼 약

먹다가 끊으면 로운이 또 못 만나요. 판사님이 로운이한테 아빠 만나라고 해도 로운이가 아빠 안 보고 싶어 할 수도 있어요. 다음 주에 로운이 만날 때까지 한 번도 안 빼고 약 잘 먹어야 해요. 아셨죠?"

거듭해서 당부했다. 남자가 중간중간 알아들을 수 없는 말을 해 서둘러 날짜와 시간만 알리고 조사를 마쳤다.

면접교섭 당일, 도연은 평소보다 더 세심하게 준비했다. 보안관리대원을 근처에서 대기하게 하고 상담사 두 명을 배정했다. 아이를 두고 무슨 일이 생기지는 않겠지만 자력으로 통제하기 힘든 남자의 증상 때문에 어떤 일이 일어날지 예상할 수 없었다.

정적을 깨듯 맑게 울리는 초인종 소리에 문을 열자 남자와 대리인이 나란히 서 있었다. 남자는 오늘도 같은 회색 티셔츠를 입고 나타났다. 대리인은 도연에게 손을 내밀며 인사했다.

"최형준입니다."

맑은 표정의 형준은 옆에 선 남자의 모든 색깔을 흡수한 것처럼 생기 있어 보였다. 보안관리대원이 신속하게 남자를 검색대 앞에 세우고 검은색 봉으로 온몸을 훑었다. 남자는 지시에 따라 양팔을 번쩍 든 채 범죄자 취급하는 거냐며 화를 냈다. 센터 이용자 모두가 거치는 과정이라는 안내에도 남자의 구겨진 미간은 펴지지 않았다.

"흰 차가 한 대, 두 대, 세 대 따라왔는데 당신들 아니에요?"

양팔을 올린 상태로 두리번거리는 남자를 상담사가 대기실로 이끌었다. 얼마 지나지 않아 짧게 초인종 소리가 울리고 잔뜩 긴장한 아이와 아이 엄마가 안으로 들어왔다. 남자가 벌떡 일어나 아이를 와락 껴안자 아이는 몸이 잠깐 경직되었으나 이내 두 팔로 남자를 감쌌다. 남자는 아이의 얼굴을 찬찬히 쓰다듬으며 잘 지냈냐고 물었다. 고개를 끄덕인 아이는 작은 목소리로 보고 싶었다고 말하며 다시 남자에게 안겼다. 둘만 있어도 괜찮겠다고 판단한 상담사들은 남자와 아이에게 도움이 필요하면 알려달라고 전하고 밖으로 나왔다.

도연이 둘의 모습을 관찰할 수 있는 일방경 앞에 서서 주시하다 센터 복도로 나왔다. 형준이 도연의 뒤를 따랐다.

"주말에 쉬셔야 하는데 조사관님이 고생 많으시네요."

형준의 얼굴에 퍼지는 웃음은 마치 인생에 고비라고는 한 번도 없던 것처럼 천진해 보였다.

"변호사님까지 대동해서 면접교섭하는 경우는 잘 없는데 판사님은 이인수 님이 법원 직원보다 변호사님 말을 더 잘 들을 거라고 생각하셨던 것 같아요. 저도 변호사님이 오셔서 안심이고요. 변호사님을 법정 아닌 곳에서 보는 건 처음이에요."

"저도 이런 데 온 건 처음입니다. 이인수 님이 정신과 질환으로 어떤 행동을 할지 예상할 수 없으니 법원에서 여러 가지 보호 장치를 마련하는 대신 대리인도 출석하라고 판사님이 결정했으니까 왔죠, 제 선택은 아니었어요. 그래도 눈으로 보니까 안심이네요. 다음에는 저도, 조사관님도 안 나와도 되겠죠?"

진지함과 장난스러움이 섞인 말에 도연은 혹시 도움이 필요하면 연락을 하겠다고 답했다. 눈을 꼭 감은 채 두 손을 모아 쥐고 주말을 지켜달라고 말하는 형준을 보며 도연은 작게 웃었다.

두 번째 면접교섭 날, 캐주얼한 차림으로 면접교섭센터

앞에 서 있는 형준이 보였다. 도연이 의아한 얼굴로 인사를 건네자 형준은 직접 봐야 할 것 같아서 나왔다며 어색한 표정으로 대꾸했다.

신분증을 출입문에 태그해서 열자, 대기실 의자에 앉아 머리를 벽에 기대고 있던 남자가 스르르 고개를 들었다.

"오늘 로운이 만난다고 수염 깎고 이발하셨네. 옷도 깨끗해졌고. 훨씬 좋아 보여요."

남자의 희미한 표정에 약간의 생기가 돌았다. 도연이 남자와 인사하는 동안 형준은 한 걸음 뒤에서 남자를 뿌듯한 얼굴로 지켜보았다. 지난번보다 훨씬 좋아졌으니 오늘도 아이를 잘 만날 수 있을 거라며 보호자처럼 호들갑을 떨었다. 초인종이 울리자 상담사가 문을 열고 아이와 엄마를 대기실로 안내했다.

도연이 관찰실에서 아이와 남자가 만나는 모습을 확인한 뒤 상담사에게 문제가 생기면 알려달라고 전하고 밖으로 나왔다. 형준도 자리에서 일어났다.

도연은 센터 밖 벤치에 앉아 맑게 갠 하늘을 보았다.

"조사관님은 주말에 출근하면 주중에 쉽니까?"

형준이 옆자리에 앉으며 물었다.

"그럴 리가요. 초과 근무라도 신청했어야 했는데 어제 급하게 퇴근하느라 그것도 잊었네요. 변호사님은 이렇게 출근하시면 사무실에서 월급 더 줘요?"

"그럴 리가요. 초과 근무라도 신청했어야 했는데 어제 급하게 퇴근하느라 그것도 잊었습니다."

형준이 도연과 똑같이 대답하며 싱긋 웃었다.

남자의 면접교섭 사건은 형준의 선배가 담당하던 것이었다. 면접교섭일을 이틀 앞두고 선배가 집에 일이 생겼다고 사건을 그에게 부탁하면서 덜컥 맡게 되었다. 형준은 이틀에 한 번씩 남자에게 전화해 약을 먹는지 확인했다. 의사도 하지 않는 것을 형준은 했다. 그러면서 로운이를 계속 만나려면 약을 잘 먹어야 한다, 약을 먹지 않으면 로운이를 만날 수 없다는 협박도 잊지 않았다. 그는 처음으로 누군가를 진심으로 돕고 있다는 느낌이 들었다.

"약 먹으니까 증상이 안정되고, 증상이 안정되니까 대화가 되고, 설득하기가 쉬워졌어요."

해사한 표정으로 웃던 형준이 짐짓 자세를 가다듬으며 말했다.

"조사관님, 이인수 님 2주 후에 다시 센터 오잖아요. 그때도 출근하실 예정이에요?"

 단순한 질문이었는데, 도연은 어쩐지 대답이 목구멍에 걸려서 나오지 않았다. 센터 안에서 남자가 걸어 나오는 모습이 작게 보였다. 아마도, 그럴 것 같네요, 도연은 의자에서 일어나 형준에게 인사하고 돌아섰다.

 토요일, 도연이 출근했다. 남자의 망상이나 환청 증상이 거의 사라져 면접교섭에 더는 개입하지 않아도 됐지만 도연은 마음이 쓰였다. 면접교섭센터 앞에서 양팔을 머리 위로 흔드는 변호사 형준을 보며 그 역시 비슷한 마음이려니 했다. 약속된 시각보다 한참 일찍 도착한 남자에게 지난번보다 표정이 더 좋아졌다고 하자 남자는 아들을 만나게 해주어 고맙다고 인사했다.

 "이인수 님이 약속을 잘 지켜서 로운이 만난 거예요. 센터는 이용 시간이 짧고 공간도 한정돼서 답답하겠지만 외부에서 만나게 되면 로운이랑 식사도 하고 놀이공원도 갈 수 있어요. 로운이 생일에 놀이공원 같이 가기로 했다면서요. 로운이가 자랑했어요."

 남자는 기분이 좋으면서도 조금은 긴장한 얼굴이었다.

아이와의 만남을 코앞에 둔 지금 몇 분의 시간이 지난 이주보다 더 길게 느껴질 터였다.

초인종 소리에 문을 열자 아이가 "아빠!"라고 외치며 뛰어 들어왔다. 상담사가 흥분한 아이의 손을 잡고 대기실로 이동하는 동안 아이는 질문을 참지 못하고 쏟아냈다. 아빠와 다트를 해도 되는지, 보드게임은 몇 개나 있는지, 그중에서 자기가 할 수 있는 건 무엇인지, 이마에 송골송골 땀을 매단 채 아이는 쉴 새 없이 떠들었다.

도연은 아이를 보자 웃음이 번지는 남자의 얼굴을 보고 방을 나와 양육자 대기실 문을 노크했다. 안에서 열린 문틈으로 여자가 나타났다. 여자는 한결 편안해진 얼굴로 앉아 있었다.

"로운이를 만날 때마다 로운이 아빠도 표정이 달라지고… 엄마도 좀 달라진 것 같은데요."

도연은 여자의 옆에 조금 가까이 붙어 앉았다.

"저는 로운이 아빠와 따로 지내는 것만으로도 괜찮아요. 아직도 자다가 놀라서 깰 때가 있지만 같이 살 때 비하면 많이 좋아졌어요."

여자의 담담한 말에 도연이 면접교섭에 협조해주어 고맙

다고 인사했다.

"로운이가 아빠를 너무 좋아해요. 면접교섭 끝나고 쉼터 돌아가면 제일 먼저 하는 일이 다음 만나는 날짜에 동그라미를 그리는 거예요. 매일 그날만 기다려요. 초반에는 아빠 만나고 나면 며칠 힘들어했는데 지금은 많이 나아졌어요."

"로운이에게 좋은 아빠였나 봐요."

여자의 얼굴에 은은한 생기가 돌았다.

그는 주말이면 혼자 로운이를 볼 테니 나가서 기분 전환 좀 하라고 아내 등을 떠미는 남편이었다. 로운이는 엄마보다 아빠를 더 좋아했다. 엄마는 매번 혼내는 사람이고 아빠는 보듬어주는 사람이었으니까. 남편은 로운이에게 생일 선물로 처음 받은 로봇 캐릭터가 그려진 유치한 티셔츠를 아내가 말릴 때까지 입고 출근했다. 아침마다 로운이의 웃는 얼굴을 볼 수 있는데 창피한 게 뭐 대수냐면서. 회사 일이 많아지던 때에도 일보다 가족이 우선이었고 상사는 그런 그를 못마땅하게 여겼다.

몇 달 동안 잠을 못 자고 체중이 급격히 줄어 병원에 가 보라고 닦달했을 때에도 남편은 일이 많아서 그렇다고만 했다. 걱정되지만 괜찮다니까 아내는 그 말을 믿었다. 그렇게 1년 정도 지났을 무렵, 남편은 술에 잔뜩 취해 회사 그만 다녀도 우리 식구 괜찮겠냐고 물었다. 그런 말 하는 사람이 아니니까 힘들면 그만둬, 그만둬도 돼, 내가 돈 벌게, 하고 달랬다. 그때까지만 해도 힘든 일이 많은가 보다, 생각했지만 회사에서 무슨 일이 있었는지 정확히 알지는 못했다. 그때 더 물어봤어야 했는데…. 그렇게 힘든 상황이었으면 진작 그만둬야 했는데….

사실 아내는 남편이 진짜 회사를 그만둘까 봐 무서웠다. 정말 큰일이 있어서 남편이 회사를 그만둔다고 할까 봐. 지금도 소고기 한번 마음 편히 못 먹고 여행도 못 가는데 퇴사하면 대출금이며 생활비며 이걸 다 어떡하나. 울고 있는 남편을 보며 그녀는 그런 생각을 했다.

1년 반이 지나고 남편이 과장에게 칼을 들이대면서 해고 통보를 받은 후에야 상황을 알게 됐다. 남편이 자진 퇴사하지 않자 책상을 빼서 복도에 두고 일에서 배제한 채 누구와도 말을 할 수 없게 하고 컴퓨터도 핸드폰도 없이 여덟 시간을 견디게 했다는 걸.

조현병. 남편의 진단명이었다. 그런 병도 이렇게 느닷없이 찾아올 수 있다니. 아내는 믿을 수 없었다. 본래 착하고 성실한 사람이니까 치료만 잘 받으면 괜찮지 않을까, 감기처럼 곧 나을 수 있지 않을까 순진하게 기대했다. 남편이 자신을 칼로 위협하고 때리기 전까지.

도연은 여자에게 남자가 지금 어떤 모습인지 궁금하지 않냐고 조심스럽게 물었다.

"…궁금…하죠…. 결혼할 때와 비슷할지, 헤어질 때와 비슷할지. 헤어지기 전과 비슷하면 무서운 사람으로 기억해야 하는 게 싫고 결혼할 때와 비슷하면 마음이 흔들릴까 봐 겁나요. 병이 먼저 보여서 더는 로운이 아빠를 예전에 사랑했던 그 사람으로 볼 수 없어요. 로운이 아빠는 믿지만 그 병은 믿을 수 없어요. 그 병이 한 짓을 경험했고 병의 힘도 알고 있으니까요."

"어쩌면…."

도연은 신중하게 말을 골랐다.

"어쩌면요. 이인수 님은 병을 이기는 중일 수도 있어요. 정신과 약물이 힘들어요. 부작용이 다양하거든요. 그래서 약물 교육을 하는데요. 저도 안 먹어봐서 얼마나 괴로운지는 잘 몰라요. 환자들이 주는 정보가 전부라서 짐작만 할 뿐이죠. 다만 중단하는 비율을 보면 대단히 힘든 것 같기는 해요. 이인수 님도 이전에 약물치료 받다가 중단했잖아요. 그런데 지금은 로운이 만나려고 부작용을 견디면서 성실히 약 먹고 있어요. 증상이 나아지는 것 자체가 약물의 힘이니까 보지 않아도 알 수 있어요. 엄마가 생각하는 병의 힘보다 이인수 님의 의지가 더 힘이 셀지도 몰라요."

정신과 병원에서 환자들을 지켜본 도연은 부작용이 얼마나 힘든지 잘 알고 있었다. 잠을 못 자거나, 온종일 멍하거나, 아무리 물을 마셔도 끊임없이 갈증에 시달리거나, 식욕이 없어져 에너지가 쉽게 떨어지거나, 식욕이 너무 강해져 몸무게가 늘거나, 무슨 문제가 생겼나 싶을 정도로 심장이 거세게 뛰기도 한다. 약의 부작용은 평범하고 정상적인 일상을 방해했다.

"초반에는 판사님이 증상 때문에 약을 꼬박꼬박 잘 먹어야 한다고 했던 말도 망상인지 실제인지 헷갈렸을 거예요. 어떻게 실제와 망상을 구분했는지는 저도 몰라요. 중요한 건… 약속을 지키고 있다는 거예요."

작게 고개를 끄덕이던 여자가 눈물을 닦았다.

"병이 로운이 아빠와 우리 가족 모두를 삼켜버린 거 같아요. 병에 대해 잘 모르니 무서워만 했던 것 같고… 그래서 항복했어요. 그게 아이와 저를 지키는 최선이라고 생각했지만 로운이 아빠에게는 계속 미안해요. 그 사람을 포기해 버린 거니까."

도연은 여자가 꼭 쥐고 있던 두 손에 살포시 자신의 손을 얹었다.

"이인수 님이 계속 노력할 수 있도록 엄마가 로운이와 함께 지켜봐주세요."

도연은 여자에게 인사하고 나와 면접교섭센터 밖에 있는 벤치에 앉았다. 선선한 바람이 도연의 곁을 슬렁슬렁 지나갔다.

"로운아, 2주 후에 아빠 또 만나자."

도연의 인사에 아이는 큰 소리로 대답한 후 엄마와 잡은 손을 크게 흔들었다. 잠시 후 남자가 센터 밖으로 나왔다.

"그 티셔츠, 이인수 님과 잘 어울려요."

남자가 쑥스러운 듯 손으로 머리를 두어 번 긁적였다. 다 갈라진 로봇 그림을 내려다보며 입가에 은은한 미소를 지었다. 그는 버스 정류장을 향해 걸어갔다. 느리지만 한 걸음씩 뚜벅뚜벅. 도연은 그의 발걸음을 보며 작게 응원했다. 시간이 조금 걸리더라도 끝까지 포기하지 말라고.

도연은 매일 다투는 부부를 만났다. 서로에 대한 애정이 효력을 다 해서 비난하고 탓하는 것밖에 남지 않은 사람들, 늘 자신이 피해자인 사람들, 상대방을 증오해야 자신을 지탱할 수 있는 사람들. 그런데 헤어질 수밖에 없어 헤어지는 관계도 있다는 걸 알게 되었다. 헤어짐의 끝에 서로에 대한 애틋함과 걱정하는 마음이 남아 있다는 게, 그래서 완전한 끝은 아니라는 게 조금은 위안이 되었다.

#14

바람이 지나가는 자리

2주 후 남자는 한결 또렷해진 얼굴로 나타났다. 면접교섭실에 들어서는 남자의 표정이 환해졌다. 아빠를 반기는 아이의 보송보송한 얼굴을 확인하고 도연은 관찰실을 나왔다. 복도 의자에 앉아 있던 형준은 도연을 발견하고는 들고 있던 핸드폰을 냉큼 주머니에 넣었다. 도연과 형준은 남자의 면접교섭 때마다 법원에서 만났다. 도연은 밖으로 나와 벤치에 앉아 웅웅대는 핸드폰을 확인했다. 수화기 건너편에서 호들갑스러운 목소리가 들렸다.

"언니, 오늘 안 바쁘면 우리 가게 놀러 와요. 사장님이 오늘 가족 모임 있는 거 깜박했대요. 냉장고에 있는 재료도 그냥 먹어도 된다는데? 가게 문 안 열어도 된다고."

도연은 조금 밝아진 시재의 목소리가 내심 반가웠다.

"언니 그렇게 한가한 사람 아니다."

"지금 몹시 한가해 보이는데?"

"…몇 시까지 있을 거야?"

"언니 올 때까지!"

"알았어. 출발할 때 연락할게."

전화를 끊자 형준이 눈을 반짝이며 물었다.

"저도 가면 안 돼요?"

"어딜요?"

전혀 예상치 못한 질문에 도연이 반사적으로 대답했다.

"거기. 출발할 때 연락하겠다는 거기요."

"어딘 줄 알고요?"

"무슨 가게겠죠. 목욕탕만 아니면 같이 갈 수 있잖아요. 내가 살게요. 어제 월급 받아서 돈 많아요."

"변호사님 안 바빠요?"

"바쁘죠. 바쁘니까 중요한 일에 시간을 쓰고 있는 건데요."

형준의 입에서 또 어떤 말이 나올지 몰라 도연이 얼떨결에 대답했다.

"그럼 같이 가요."

시재에게 한 명 더 간다고 문자를 보냈다. 금세, 네! 단음절의 답변이 돌아왔다. 아이와 여자, 남자가 차례로 법원을 빠져나가자 형준이 도연을 돌아보았다.

"우리도 이제 가요. 차는 가져가죠. 돌아올 때는 대리기사님 부르면 되니까."

도연과 함께 걷던 형준이 빨간 스포츠카 옆에 섰다. 놀란 눈으로 차와 형준을 번갈아 보자 형준은 익숙한 반응인 듯 개의치 않고 문을 열었다. 라디오에서 나오는 클래식을 들으며 도연은 불편한 침묵을 견뎠다. 차들이 빽빽한 골목에서 용케 빈 곳을 찾아 주차하고 가게 문을 열었다. 주방에서 어묵탕을 끓이고 있던 시재가 뛰어나와 두 사람을 맞이했다.

시재는 회가 한가득 담긴 접시와 방금 끓인 어묵탕, 하이볼 석 잔을 테이블 위에 놓고 형준에게 손을 뻗어 악수를 청했다.

"김시재입니다. 언니는 저를 감자라고 부르고요."

"최형준입니다. 조사관님은 저를 변호사님이라고 부릅

니다."

내민 손을 잡고 형준이 인사했다.

"변호사요? 의사, 판사, 변호사 할 때 그 변호사? 저 살아 있는 변호사 처음 봐요. 변호사 되려면 공부 대박 열심히 해야 되죠?"

호기심 가득한 눈으로 두 사람을 번갈아 보던 시재는 형준이 답할 틈도 없이 무슨 사이냐고 물었다.

"무슨 사이 아니야. 변호사님 의뢰인이 내 사건 청구인인데, 오늘 일이 있어서 둘 다 출근한 것뿐이야."

도연이 대신 대답했다. 눈치 빠른 시재가 도연의 얼굴에 미세하게 퍼지는 긴장감을 놓치지 않았다. 도연과 형준을 번갈아 보며 짓궂은 표정으로 말했다.

"변호사 아저씨 되게 심심한가 보다. 급하게 잡은 약속에 따라올 정도로. 아니면 우리 언니한테 관심 있어요?"

형준이 도연을 슬쩍 쳐다보며 멋쩍게 웃었다.

"저 원래 엄청 바쁜 사람이에요. 주변에서 소개팅 하라고 난리거든요. 소개팅 하다가 과로사하겠구나, 한다니까요. 그런데 오늘 운 좋게 딱 하루 시간이 나서 온 거예요."

너스레를 떠는 형준을 보며 시재는 배시시 웃기만 할 뿐이었다. 그때 핸드폰이 울려 형준이 잠시 자리를 비웠다. 금세 돌아온 형준의 넉살 좋은 웃음이 수그러들었다.

"무슨 일 있어요?"

"조사관님, 죄송해요. 오늘은 제가 실례가 많네요."

형준이 조만간 다시 연락하겠다며 뛰어나갔다.

"음주 운전인데 괜찮나?"

걱정하는 도연의 말에 시재는 잔을 내려놓았다.

"언니, 변호사 아저씨 첫 잔에 입만 대고 한 모금도 안 마셨어요. 여기 봐. 하나도 안 줄었잖아요."

형준의 자리에 놓인 하이볼을 가리켰다.

"그나저나 조사관과 변호사가, 주말에, 일 끝나고, 이자카야에서, 함께 술을 마실 확률이 얼마나 되지?"

시재는 손가락을 꼽아가며 물었다. 눈을 가늘게 뜨고 가까이 다가오는 시재의 얼굴을 웃으며 밀어냈다. 모든 게 다 논리적으로 설명되지는 않는다고, 세상이 그렇게만 돌아가면 얼마나 좋겠냐고 도연은 반문했다. 정말이지, 그렇다면 세상 모든 게 얼마나 이해하기 쉬울까.

"감자야, 술 마시는 사람이 술을 거절하는 거랑 술 안 마시는 사람이 술집을 따라오는 것 중에 뭐가 더 의미가 있을까?"

도연이 농담처럼 별스럽지 않게 물었다.

"거기에 무슨 의미가 있겠어요. 그냥 상대에 대한 반응 아닌가?"

"그런가."

"논리적으로 설명되지 않는 것도 있다고, 언니가 방금 그래 놓고선."

농담처럼 주고받던 질문이 점점 무거워져 도연은 그만 내려놓았다. 복잡한 마음을 뒤로 한 채 시재에게 아직도 터널을 건너는 중이냐고 넌지시 물었다.

"아직도 지나는 중. 그래도 끝이 있다고 생각하니까 전보다 나아요."

시재가 가볍게 웃었다.

"아직 꽃이 피기 전이구나, 그렇게 생각하기로 했어요. 언니가 그랬잖아요. 언젠가 때가 되면 다 핀다고."

지난번 안동 출장길이 떠올랐다. 한낮에도 긴 그림자에 가려져 봄이 와도 봉우리를 오므린 채 피지 못했던 그 벚꽃나무도.

"좋은 부모 만나서 좋은 시절 누리고, 일찍부터 알록달록

피기 시작한 친구들 보면 마음이 좀 쓰리긴 하지만."

시재가 옅게 웃었다.

"솔직해서 좋네."

솔직함이 모든 걸 다 해결해줄 수는 없지만 적어도 솔직하지 않으면 아무것도 시작할 수 없다. 시재는 밝고 씩씩한 모습이 자신의 전부라고 믿었다. 아니, 믿고 싶었다. 한없이 가볍고 쿨한 김시재. 슬픔 앞에 당당한 김시재. 결핍에 주눅 들지 않는 김시재. 마음속에 느닷없이 부모에 대한 원망과 미움이 들이닥칠 때도 최선을 다해 모른 척했다. 그 마음이 빚쟁이처럼 몰려와 어두운 웅덩이 속에 자신을 파묻는지도 모르고. 그 컴컴하고 서늘한 곳엔 꾀죄죄한 질투심과 자기연민이 가득했다.

"그런 마음도 이제 좀 밖에 내놓으려고요. 햇볕이든, 바람이든 잘 말려주면 좋겠다."

시재의 얼굴은 달이 뜬 듯 밝았다. 감자는 오늘도 조금 자란 것 같았다.

하지만 햇빛이 강한 날엔 마음이 데일 수도 있다는 걸, 거센 바람이 부는 날엔 중심을 잃고 쓰러질 수도 있다는 걸 도연은 차마 얘기할 수 없었다. 그걸 회복하는 과정이 민을 수 없이 버겁고 괴로워 익숙한 모습으로 되돌아가버리는 자기 자신에 대해서도.

월요일, 오전 조사를 마치고 사무실로 돌아와 보고서 파일을 열었다. 남자와 아이의 면접교섭은 잘 진행되고 있으니 보고서를 작성해야 했다. 조사의 종결과 이후 절차 안내를 위해 변호사 사무실에 전화를 걸자 수화기 너머로 익숙한 목소리가 들렸다.

"안녕하세요. 조사관님."

밝은 인사에 형준의 웃는 얼굴이 그려졌다. 이제 더는 토요일에 출근하지 않아도 된다는 도연의 말에 형준은 약간의 틈을 두었다.

"조사관님, 제가 연락하려고 했는데 개인 번호는 알지 못하고 사무실로 전화하기는 망설여지더라고요."

형준의 목소리가 조금 낮아졌다.

"지난번에 펑크 낸 일도 있고 해서 가볍게 식사 대접하고 싶은데 시간 괜찮으세요?"

머뭇대는 말이 도연의 머릿속을 잠시 헝클어뜨렸다. 회오리치는 말들을 어떻게든 그러모았다.

"변호사님."

형준이 말없이 기다렸다.

"변호사님, 제가 가볍게, 가 잘 안 되는 사람이어서요. 그렇다고 무겁게 하자는 건 더더욱 아니고요."

조심스럽게 전했다.

"…무슨 말인지 이해했습니다. 그래도 법원에서 우연히 만나면 인사는 해요. 우리."

형준이 무엇을 이해했을지 도연은 알 수 없었다. 논리적으로 설명할 수 없는 건 도연의 마음도 마찬가지였다.

#15

지도와 영토

민 교수의 부고를 받은 건 늦은 밤이었다.

 선배에게 받은 문자 속 이름과 부고의 의미가 연결되지 않아 도연은 짧은 단어들을 공허한 눈으로 쳐다보았다. 밤새 뒤척이다 알람 소리에 눈을 떴다.

 장례식장은 고속버스로 두 시간 남짓 걸리는 작은 도시에 있었다. 장례식장 입구 전광판에서 민 교수의 이름을 확인하고 무거운 걸음을 옮겨 환하게 웃고 있는 영정사진 앞에 절을 올렸다. 검은 정장을 차려입은 한 무리의 남자들이 보였지만 혼자 4인용 테이블을 차지해도 괜찮을 만큼 장례식장은 아직 한산했다. 종이 그릇에 담긴 하얀 쌀밥과 육개장, 편육, 떡, 과일로 차려진 상 앞에 앉아 동그란 떡 하나를 집어 입에 넣었다. 뒤 테이블에서는 얼마간 술잔이 비워지는 듯싶더니 목소리가 높아지며 소란스러워졌다.

그들의 대화로 민 교수가 3년 전에 대장암을 진단받았다는 것을 알았다. 3년 전이라면 자주는 아니어도 연락을 주고받던 시기였는데 왜 얘기하지 않았을까. 여든을 앞둔 나이였으니 건강이 예전 같지는 않았을 텐데 느긋하고 담담한 말투 속에는 어떤 근심도, 괴로움도 묻어나지 않았다.

입맛은 없었지만 교수가 준비한 마지막 식사이니 육개장에 흰쌀밥을 말아 숟가락으로 뜨고 편육 몇 점을 집었다. 벌이라도 받는 것처럼 아무 맛도 느껴지지 않는 음식들을 꾸역꾸역 밀어 넣고 꾹꾹 씹었다.

"이따가 우진이 오면 술 권하지 마."

소란한 틈에도 익숙한 이름이 도연의 귀에 들렸다. 도연은 들고 있던 숟가락을 테이블 위에 내려놓았다.

"우진이 원래 기절할 때까지 술 마셨잖아. 레지던트 때 회식 다음 날에는 매번 지각해서 과장한테 조인트 까이는데도 정신 못 차린다는 말을 들었는데 어쩐 일로 술을 마다 한데?"

"형이 이혼하고 알코올 문제가 있었대. 교통사고로 며칠 의식 없다가 기적적으로 살아났다던데 지금은 괜찮으려나. 그때부터 술자리에 참석조차 안 한다던데?"

조사실 복도에서 조카를 안고 멋쩍게 할 말을 뒤적이던 우진의 얼굴이 떠올랐다. 눈앞에 있던 맥주병을 집어든 도연은 잠시 고민하다 사이다로 잔을 채우며 아는 사람 하나 없는 장례식장에는 다시 오지 않겠다는 맥락 없는 다짐을 했다. 사실인지, 아닌지 짐작할 수 없는 대화들이 거북했다.

도연은 육개장에 말아두어 통통해진 밥알을 긁어먹고 방울토마토를 집어 다 마른 꼭지를 비틀었다.

"먹지도 않을 토마토는 왜 그렇게 못살게 굴어요?"

고개를 들자 우진의 하얗고 또렷한 얼굴이 보였다.

만지작대던 방울토마토를 내밀자 우진은 한 손으로 받아 날름 입안에 넣고 맞은편에 앉았다. 언제, 어떻게 왔는지, 누구의 연락을 받았는지, 중요하지 않은 것들을 묻고 대답했다.

"언제 갈 거예요?"

우진이 물었다.

"이거 다 먹으면요."

우진은 남은 방울토마토 두 개 중 하나를 입에 넣고 나머지를 도연에게 건넸다. 장례식장 입구에서 조금씩 어두워지는 낯선 장소를 두리번거리는 동안 검은 차의 운전석 유리창 너머로 우진의 얼굴이 나타났다.

"혼자 이 먼 길을 온 거면 이유가 있을 텐데 민 교수님과 어떤 사이예요?"

우진이 물었다.

"친구예요. 김 선생님과 교수님은 어떤 사이예요?"

"저희 학교 교수님이었지만 제가 입학했을 때는 이미 퇴직해서 특강 몇 번 들은 게 전부였어요. 레지던트로 일하는 병원에서 교수님을 다시 만났고요."

"진짜 교수님이었구나. 병원에서 사용할 호칭이 마땅치 않아서 대충 갖다 붙인 건 줄 알았는데 진짜 교수님이었어."

조용히 혼잣말을 했다.

"어떤 사람인지도 모르면서 친구 해요?"

"그런 의미에서, 내 친구가 어떤 사람이었는지 얘기 좀 해주세요."

당당한 요구에 우진은 슬쩍 웃고 자세히는 모르지만, 하고 운을 뗐다.

민 교수는 의대를 졸업하고 스위스에서 정신분석과정을 마친 우리나라에서 몇 되지 않는 정통 정신분석학자였다. 교수로 재직하면서 정신분석 치료를 했고 정신분석에 관심 있는 제자를 대상으로 매주 세미나를 열어 치료자를 배출했다. 교수가 집필한 몇 권의 책은 정신과 전공을 예정하는 의대생의 바이블이 되었지만 교수의 개인적인 면에 대해서는 논란이 많았다. 예민하고 까다로운 성격 때문에 사람들과 원만히 지내지 못했고, 특히 정신분석에 대한 사소한 비판도 견디지 못해 건전한 토론을 할 수 없었다. 한 분야에서 최고 경지에 이른 업적과 개인적인 특성으로 인해 교수를 옹호하는 추종자와 반대하는 세력이 생겨났다.

정년퇴직한 후에는 병원에서 치료를 했는데 언제부턴가 정신분석에 대한 공격에도 개의치 않았고 예민함도 줄었다. 항간에는 불교 사상을 공부하면서 달라졌다는 소문도 있었지만 정확한 계기나 이유를 아는 사람은 없었다. 3년 전 건강검진에서 대장암을 발견해 항암치료를 시작했으나 경과가 좋지 않았다.

"대필한 자서전같이 시시하네요."

"누군가의 인생을 입 밖으로 내어보면 다 그렇지 않을까요. 백 선생님이 아는 교수님은 어떤 분이에요?"

민 교수는 누구든 친구가 될 수 있는 사람이었다. 맛있는 차를 위한 정확한 온도와 시간을 아는 사람, 아날로그적인 사람, 아무 때나 연락해도 미안하지 않은 사람, 아무 때나 연락이 와도 반가운 사람, '괜찮아요'라는 말의 힘이 가장 센 사람, 나이 먹는 것에 기대를 갖게 한 사람, 내 친구.

도연이 고개를 돌려 우진을 보았다.

"다른 건 모르겠지만 교수님은 제가 말한 것보다 백 선생님이 기억하는 모습을 더 마음에 들어 하겠다는 건 알겠네요."

우진은 교수와의 일화가 생각났다며 말을 이었다. 우진이 레지던트 1년 차 때 민 교수가 호출한 일이 있었다. 이미 몇 번 민 교수 방에서 필요한 물건들을 주문했기 때문에 이번에도 비슷한 부탁일 거라고 생각했고 몇 분이면 끝날 테니 문제 될 것도 없었다. 아무것도 하고 싶지 않은 우진의 마음만이 문제였지만 마음도, 의지도 자신의 것이 아니었다.

지령 받은 로봇처럼 터벅터벅 걸어 민 교수 방에 도착하자 교수는 바쁜데 미안하다고 하며 주문 리스트를 건넸다.

바쁘다는 걸 알면 부르지 말지, 퇴근해서 아들에게 부탁하지, 라는 불평이 머리 위를 떠다녔다.

민 교수는 다관에 따뜻한 물과 마른 갈색 잎들을 넣어 우려내면서 바쁘겠지만 차 한잔하라고 했다. 부드러운 권유였다. 하지만 거절할 수 없는 상황에서는 강요일 뿐이었고 우진은 이미 강요에 자동으로 반응하는 몸이 되어 있었다. 주문을 마치고 교수 맞은편에 앉아 노란색과 초록색의 중간 즈음인 듯한 색깔의 따뜻한 차를 마셨다.

"김 선생, 모든 사람이 김 선생을 괴롭히려고 작정한 것 같죠?"

"네? 아… 아뇨…. 네… 아니, 아닙니다."

우진은 넋 놓고 있다가 교수의 느리지만 직접적인 질문에 공격을 당한 듯 당황했다. 교수는 노련한 조련사처럼 1년 차 레지던트의 감정 상태를 정확하게 언급했다.

"2년 차까지는 하루에도 수십 번 마음이 요동칠 거예요. 정신 차리기 힘들 정도로 비난이 쏟아지면 나중에는 현실과 비현실이 뒤엉키기도 하지요. 아마 그걸 구별하는 게 가장 큰 숙제일 겁니다."

교수는 선한 웃음을 지으며 짓궂은 예언을 했다. 당시의 우진은 매일매일 혼나기 위해 출근하는 것 같았다. 환자와 보호자에게 증상을 듣고 차트를 작성하는 것만으로도 하루가 꼬박 걸렸다. 아침 회의 때마다 꼬투리를 잡는 과장 때문에 탈모까지 생겼다. 민 교수가 부른 그날 아침에도 과장은 환자의 가족력이 삼대가 아닌 이대까지 기술된 것과 증상이 나타난 시점이 모호한 것, 음주량에 대한 환자와 보호자의 의견이 불일치한 것 등 보이는 족족 시비를 걸었다. 환자가 독립한 지 오래됐기 때문에 보호자가 환자의 상황을 정확하게 알 수 없었고, 환자의 증상 외에 가족들의 인적 사항이나 가족력을 확인할 때마다 보호자가 화를 내서 물을 수 없었다는 변명조차 하지 못했다. 능력도, 의지도, 관심도 없는 레지던트라는 비난을 쏟아지는 장대비처럼 고스란히 맞았다. 과장과 선배들이 자신의 잘못을 하나하나 짚을 때마다 설명하고 싶었지만 시간이 지나면서 모든 것을 자신의 탓으로 돌리게 됐다.

"아직 제 일도 완벽하게 하지 못하니까 그런 비난, 아니 조언들은…."

마땅히 받아들여야 한다고 생각합니다, 라고 머릿속에서 마무리한 말이 입 밖으로 나오지 않아 뭉툭하게 잘린 대답이 허공에 떠 있었다.

"비난이든 조언이든, 그건 하는 사람의 것이지요. 그 사람이 던진 말을 받을지 말지는 김 선생이 선택하는 것일 테고."

교수는 우진의 비워진 찻잔을 다시 채우며 예의 온화한 얼굴로 말했다.

"김 선생, 지도는 영토가 아니에요. 너무 가까이 있을 땐 아무것도 보이지 않아요. 조금 떨어져 있어야 내가 어디 있는지 알 수 있지요."

뜻 모를 말이었지만 우진은 되묻지 않았다. 하지만 어렴풋이 자신에게 꼭 필요한 말을 선물처럼 받았다는 건 알 수 있었다.

고요한 우진의 얼굴을 보며 도연이 물었다.

"지금 선생님은 어때요?"

우진은 생각을 고르듯이 잠시 조용해졌다.

"잘 모르겠어요. 조금 더 편안해지려고 노력하는 중이에요. 잘 되진 않지만."

조금씩 익숙한 거리가 보였다. 집이 가까워지고 있었다.

#16

한여름 밤의 우진

커다랗고 환한 달이 가로등처럼 도시를 밝혔다. 도연은 버스 정류장에서 유난히 밝은 달을 올려다봤다. 핸드폰 너머로 우진의 낮고 부드러운 목소리가 흘러나왔다. 깊은 밤의 소란에도 그의 음성이 또렷하게 들렸다. 우진의 음성 때문인지, 우아한 달빛 때문인지, 한낮의 열기를 그대로 머금은 여름밤의 온도 때문인지 오늘따라 도연의 마음이 달떴다.

달에서 눈을 떼지 못한 채 우진의 이야기를 듣던 도연은 눈앞에 불쑥 나타난 검은 형체에 놀라 몸이 뒤로 기울었다. 검은 형체가 재빠르게 도연의 허리를 낚아챘다. 우진이었다. 순간적으로 우진의 품에 도연의 몸이 실렸다. 여름밤의 향기가 도연에게 쏟아졌다.

"주변을 잘 안 보는구나. 어떻게 버스 정류장에 앉아 있으면서 차 지나가는 걸 못 봐요?"

우진은 옆에 앉아서 도연의 시선이 닿는 곳을 올려다봤다.

"와, 진짜 밝네."

우진이 기분 좋게 읊조렸다. 도연은 전화하던 중에 우연히 만나 같이 달을 올려다볼 확률을 계산했다. 수학을 일찌감치 포기했음에도 예상하지 못한 일을 만날 때마다 확률을 계산했지만 답을 찾는 데는 번번이 실패했다.

"같이 밥 먹으러 갈래요? 나 배고픈데."

도연의 얼굴을 바라보며 우진이 가볍게 웃어 보였다. 도연이 발을 떼자마자 잠시 휘청였고, 우진이 다시 도연의 팔을 잡았다. 괜찮아요, 하고 민망해진 도연이 팔을 뺐다.

우진의 뒤를 따라 오래된 식당에 들어섰다. 드문드문 앉은 사람들을 피해 안쪽으로 들어갔다.

"여기 되게 맛있는데 양이 많아서 혼자는 못 와요. 포장하면 이 맛이 안 나고. 둘이니까 맛있는 거 먹을 수 있어서 좋다."

우진의 둘이라는 표현에 도연은 움찔대다가 단어에 의미를 부여하는 버릇을 고쳐야 한다고 생각하며 슬며시 고개를 저었다.

우진은 닭볶음탕이 끓어오르자 국자를 들고 앞접시에 고기 몇 점과 감자를 듬뿍 퍼서 도연에게 건네고 자신의 몫을 담았다. 간이 잘 밴 닭고기와 감자를 도연이 조금씩 입에 넣자 우진은 밥공기를 열어 도연 앞에 놓았다. 도연은 말없이 밥공기를 옆으로 슬쩍 치우고 잔에 맥주를 따랐다.

"밥 안 먹어요?"

"입맛이 없어요, 여름만 되면."

우진은 맥주잔을 비우는 도연을 고요히 바라봤다.

"법원에서 조사받았으니 제 이야기를 다 알고 있으려요?"

도연은 고개를 저었다. 선이에게 얼핏 듣기는 했지만, 다른 조사관의 일을 면밀하게 알 수는 없었다. 무엇보다 다른 사람을 통해 우진의 이야기를 알고 싶지 않았다. 민 교수의 장례식장에서 얼핏 들은 이야기에 대해서도 알은체하지 않았다.

"술 끊은 지 3년쯤 됐어요."

초등학교 5학년 여름이 끝날 무렵, 예상치 못한 태풍이 우진의 동네를 훑고 지나갔다. 지대가 높아 침수되지 않았지만 태풍으로 엄마와 친하게 지내던 동네 슈퍼 영자 아줌마가 죽었다. 늘 가게를 아줌마에게 맡기고 외출했던 아저씨는 영자 아줌마가 죽은 후 슈퍼 앞 평상에서 매일 울면서 술을 마셨다. 거뭇하던 수염이 얼굴을 덮었고 눈동자 색도 점점 탁해졌다. 가을이 깊어갈 무렵 큰아들이 아저씨를 알코올중독 치료병원에 입원시켰고 이후 슈퍼마켓은 편의점으로 바뀌었다.

레지던트 2년 차 때 우진의 친형은 도자기같이 반질반질한 피부에 연예인처럼 예쁜 형수와 결혼했다. 나사 빠진 사람처럼 헤실헤실 웃으며 형수를 바라보는 형이 낯설었다. 형과 형수는 소희를 임신한 상태로 결혼식을 올렸고 곧 소희가 태어났다.

우진은 조카라는 존재가 어떤 의미인지 소희를 통해 알았다. 내 새끼도 아닌데 이렇게 예쁠 수 있을까 싶었다. 그저 누워만 있는 아이가 세상의 중심이 되었다. 형수가 눈치를 주지 않았지만 시동생이 자주 오는 게 불편할 것 같아 보고 싶은 마음을 참고 참았다. 소희가 8개월이 되었을 때 형수는 인터넷 쇼핑몰 모델 일을 한다며 우진의 엄마에게 소희를 자주 맡겼고 우진은 소희를 만나기 위해 매일 본가에 갔다. 소희에게 쓰는 돈은 하나도 아깝지 않았고 뭐든 해주고 싶어 월령에 맞지도 않는 장난감도 미리 사두었다.

소희가 세 살이 되었을 때 형 부부는 헤어졌다. 우진도 우진의 엄마도 형에게 이유를 묻지 않았다. 형은 소희의 양육권을 지키기 위해 모든 것을 걸겠다고 다짐했지만 그 다짐이 무색하게 형수는 소희를 형에게 맡기고 홀연히 사라졌다. 딸을 만나려고 하지도 않았고 양육비도 지급하지 않았다. 우진의 엄마는 원래부터 없었던 것처럼 사라져준 형수를 오히려 고마워했다.

형수와 헤어진 후 엄마를 찾으며 울던 소희는 한 달 만에 할머니를 찾으며 울었다. 소희는 아무리 불러도 엄마가 오지 않는다는 걸 그 어린 나이에 알았다. 우진은 형의 이혼 이후 다시 집으로 돌아왔다.

형은 영자 아줌마를 잃은 슈퍼마켓 아저씨처럼 매일 울면서 술을 마셨다. 우진은 형을 보며 처음으로 의사라는 직업에 대한 회의를 느꼈다. 우진의 병원에는 알코올중독 환자가 많았다. 환자들에게 약을 처방하고 단주 프로그램을 진행하며 가족 교육을 했다. 의존 원인을 알고 다양한 방식으로 금주하도록 돕는 과정에서 보람을 느꼈지만 알코올중독자의 가족으로 사는 것은 완전히 다른 일이었다. 술에 잠식된 형은 더는 아들, 형, 아빠가 아니었다.

  형은 사 둔 소주를 다 마시고 마트에서 술을 사서 돌아오는 길에 음주 운전 차량에 치였다. 가해자와 피해자 모두 술에 잠식되어 자신도 타인도 보호할 수 없는 상태였다. 형은 응급차에 실려 병원으로 이송된 후 의식 없이 몇 달을 보냈고 겨우 깨어났을 때도 의미 있는 말이나 행동을 하지 못했다. 불분명한 발음으로 응, 아니 정도를 표현했지만 스스로 용변 처리조차 할 수 없었다. 소희보다 손이 더 많이 갔다. 밤이 되면 괴성에 가까운 소리를 질렀고 겨우 잠들어 다음 날이 되면 전날 밤의 행동을 전혀 기억하지 못했다. 엄마와 우진을 컨디션에 따라 알아볼 때도 있었고 그렇지 않은 때도 있었는데 소희를 보면 눈빛이 달라졌다. 입가에 어색한 미소도 지었다. 소희의 머리를 쓰다듬으려고 팔을 길게 뻗으면 소희는 깜짝 놀라며 우진 뒤에 숨었다. 형은 소희에게 서운한 기색도 없이 소희가 보이지 않을 때까지 눈을 떼지 않았다.

소희는 가끔 어린이집에서 우진을 만나면 아빠라고 불렀다. 어린이집에서 나와 손을 잡고 걸으며 아빠가 기억나지 않냐고 묻자 소희는 걸음을 멈추고 우진을 올려다보았다.
"아빠는 병원에 있잖아. 엄마도 아빠도 멀리 있으니까 지금은 삼촌이 아빠 해주면 안 돼?"
 소희는 발끝으로 바닥을 탁탁 찼다. 소희는 자기 나름대로 모든 걸 견디고 있었다.
 우진은 의사로서 할 수 있는 게 아무것도 없었다. 형의 음주를 막지 못했고 응급실에 누워 있는 형을 낫게 하지도 못했다. 형을 망연자실하게 바라보는 엄마의 비통함도, 엄마와 아빠를 잃은 소희의 상실감도 어쩌지 못했다. 자기 자신의 무력감조차도.
 그러는 중에도 소희는 부지런히 자랐다. 형이 소희의 친권자 역할을 할 수 없어 소희 엄마에게 전화했지만 핸드폰 번호가 바뀌었고 어떤 방법을 동원해도 연락이 닿지 않았다. 남자를 따라 외국으로 갔다는 소문을 들었으나 사실인지는 알지 못했다. 결국 우진의 엄마가 법원에 미성년 후견인 신청을 했다.
"그렇다고 술을 끊을 필요까지 있어요?"

도연이 담담히 물었다.

"처음에는 술을 잘못 배워서 그런 거라고 생각했어요. 한번 시작하면 늘 만취할 때까지 마셨거든요. 언제든 마음먹으면 끊을 수 있다고 생각했고요. 그런데 술을 마시는 내 꼴이 딱 형 같더라고요. 나중엔 술자리 자체를 피했어요. 스스로 조절할 수 없으니까."

우진은 자신의 의지력이 그 정도라는 걸 알고 있었다. 한번 마시면 예전처럼 돌아가거나 그동안의 노력이 흔적 없이 사라질 것 같아서 두려웠다. 얼마 전 도연이 이자카야에 가지 않겠냐고 물었을 때 차갑게 거절했던 일이 떠올랐다. 그는 냉정한 게 아니라 두려운 거였다.

가족 이야기 끝에는 죄책감이 붙어 있었다. 결과는 바꿀 수 없다는 걸 알고 있음에도, 그게 꼭 가족이 남긴 숙제 같았다. 영원한 미완의 과제. 하지만 도연은 간절히 바랐다. 마음속 자책을 털어내다 보면 조금은 줄어들거나 옅어지지 않을까. 조금씩 밀어낼 때마다 흔적이 사라지는 오래된 스티커 자국처럼.

#17
우리는 동료니까

넓은 연회장에 진한 보라색의 벨벳 커버가 덮인 둥근 테이블이 다닥다닥 붙어 있었다. 동옥이 홀로 테이블에 앉아 안경을 머리 위에 걸치고 핸드폰을 들여다봤다. 영신이 동옥에게 다가가 인사하자 동옥은 고개를 까딱이고 영신을 위아래로 훑었다. 왜 이렇게 살이 쪘냐는 말을 시작으로 화장을 한 거야? 눈 화장은 왜 이렇게 촌스럽게 했어? 가방 샀나 봐? 나 없으니까 이런 거 챙기는 사람도 없지? 머리부터 발끝까지 입을 댈 작정인지 눈에 보이는 족족 지적했다. 전출 후 반년 만에 만난 동옥은 달라진 게 거의 없었다.

"아휴, 나는 요즘 노안이 와서 바로 앞엣것도 잘 안 보이는데 우리 조사관님은 눈도 좋으시다."

영신이 동옥의 팔짱을 끼고 자연스럽게 제지하며 곁에 앉았다.

"거기도 이번에 신규 받았지? 어때?"

동옥은 웨이터가 전하는 스테이크를 받으며 영신에게 물었고 영신은 열심히 하고 있다고 건성으로 답했다.

"우리도 일이 많아서 신규를 받긴 했는데, 교육시키면서 진이 다 빠지더라. 요즘 애들이 고분고분하기를 하나, 알아서 잘하기를 하나. 차라리 안 받는 게 나아. 지금 신규 멘토가 누구야?"

도연이 작은 목소리로 저요, 하자 동옥은 도연을 한번 쳐다보고는 다시 스테이크를 써는 데 집중했다. 스테이크는 팔에 힘을 주고 몇 번이나 칼질을 해야 할 정도로 질겼다.

"도연 조사관은 합리적인 사람이니까 교육도 어련히 알아서 잘 시키겠지. 신규라고 참석 강요하거나 그러진 않을 거잖아?"

비아냥거리는 말에 도연은 동요하지 않고 조용히 식사를 이어갔다.

정규직으로 전환되기 전까지 최소한 원장이 참석하는 행사에는 참여해야 할 거라고 했을 때, 이제 막 입사한 은지는 조금 떨떠름한 표정으로 알겠다고 대답했다. 아무것도 묻지 않고 돌아선 은지에게 더 설명을 해야 하는지, 어떤 말을 덧붙여야 하는지 생각했지만 아무 말도 하지 못했다. 무엇보다, 하려는 말이 은지에게 도움이 되거나 필요한 말인지 확신이 서지 않았다.

　"신규 교육이라는 명목으로 일일이 알려주는 게 맞나 싶어요. 직접 해보니까 저 신규 때 조사관님이 개인 시간까지 할애해서 많은 것을 알려주시려고 했다는 걸 알겠더라고요. 그때는 그런 걸 몰랐어요. 감사하고 죄송했습니다."

　도연의 말에 동옥은 조금 놀란 기색이었지만 별다른 대꾸를 하지는 않았다. 동옥은 누군가와 충돌하는 것에는 익숙해도 갈등을 봉합하는 데는 여전히 서툰 사람이었다.

　도연은 신규 교육을 하면서 자주 동옥이 생각났다. 동옥이 안경을 추켜올리던 행동은 도연이 은지에게 무언가를 지시할 때 불쑥불쑥 튀어나왔다. 자신이 동옥을 바라볼 때처럼 은지도 자신을 그렇게 생각할까 봐 괜히 눈치가 보였다. 은지의 눈치를 보는 자신이 싫어 그 원망이 동옥에게 향하기도 했다. 그러면서도 뭐든 일일이 살피고 개입하던 동옥의 행동은 상대를 챙기는 마음 없이는 쉽지 않다는 걸 깨달았다. 접근 방법이 조금 촌스러웠던 건지도 모르겠다는 생각에 이르렀을 때에는 미안함도 일었다.

동옥은 헛기침을 하며 영신에게 요즘도 시부모님이 자주 올라오냐고, 시부모님 잔소리는 여전하냐고 물었다. 잔소리인지, 관심인지 모를 동옥의 질문에 도연은 작게 웃었다. 웬만해서는 변하지 않는 태도가 동옥의 관성 같았다. 그렇게 생각하니 나아갈 방향을 보면서 좀처럼 발을 떼지 못하는 사람도, 익숙한 방향만 바라보는 사람도 조금은 이해할 수 있을 것 같았다.

워크숍이 예정보다 길어져 버스 출발 시각에 겨우 맞춰 터미널에 도착했다. 도연은 급히 버스에 올라 영신이 건네준 생수를 한 모금 마시고 등받이를 조금 젖혔다.

"동옥 조사관님은 여전하네요."

"사람은 쉽게 변하지 않으니까요."

도연의 말에 영신이 대답했다. 영신은 오늘 동옥을 보며 같이 일하는 동안 어떻게 지냈는지 다시 생각했다. 저렇게 할 말 다 하고 살면 스트레스는 안 받겠지 싶어 부러운 마음도 있었다. 언급하기조차 민망한 립스틱 색깔이나, 아침 반찬의 종류 같은 사소한 것들을 동옥이 지적할 때마다 그 정도에도 마음이 상하는 자신의 종지 같은 마음을 탓했다.

동옥이 떠난 후에야 비로소 사람 마음은 모두 다르니 조금씩 다른 크기의 불편함이 있겠지, 생각했다. 소소하고 얕은 불평들을 삼키는 순간마다 성숙해진다는 것도. 동옥과 멀어지면서 생긴 여유의 결과였다.

×××

9시 정각, 선이는 숨을 헉헉대며 문을 열었다. "세이프!"를 외치며 자리에 앉아 재빠르게 컴퓨터를 켰다.

"망할 이선이. 역시 과거의 이선이는 아무것도 하지 않았어요."

과거의 선이를 원망하고 미래의 선이에게 오늘의 일을 떠넘기며 현재의 선이는 하루하루 허덕였다.

"집중이 안 돼서 돌아다니는 중입니다! 신경 쓰지 마세요!"

오후 내내 사무실을 빙글빙글 돌던 선이는 퇴근 시각이

지난 후에야 겨우 책상 앞에 앉았다. 그 후로도 끊이지 않는 선이의 한숨에 도연은 자신이 쓰던 보고서를 덮고 선이를 일으켜 세웠다. 둘은 사무실을 나와 작은 레스토랑에 들어갔다. 선이가 정신을 차린 듯 몸을 앞으로 바짝 내밀었다.

"저 진로탐색검사 한 번만 해주세요."

"내 자격증이 조사관님 꺼랑 같으니까 직접 하면 되는데?"

농담 같은 말에 농담으로 대꾸했다.

"아무래도 이 길은 내 길이 아닌 것 같아요."

진지해진 선이의 표정에 도연은 잠시 틈을 두었다.

"입사하고 내내 애쓰며 달려와서 힘들 수밖에 없잖아요. 이제 힘 좀 빼도 되지 않아요?"

"아는데 잘 안 돼요. 이해가 돼야 보고서를 쓸 수 있는데, 그러다 보니 시간이 너무 많이 걸려요. 다른 조사관님들한테도 어떻게 조사하는지 물어봤는데 아직도 나한테 맞는 방법을 못 찾았어요. 조사관님은 요즘 괜찮아요?"

도연은 하루하루 평탄하게 보내는 게 목표였지만, 어느 순간 그 목표마저 사라졌다. 이제 막 자전거를 배우기 시작한 사람처럼 모든 걸 새롭게 배워가는 기분이었다. 도연이 잠시 말을 고르는 동안 선이가 피자 한 조각을 입에 넣었다.

"그래도 지금은 잠이라도 잘 수 있으니까 예전에 수련받을 때보다는 훨씬 나아요."

선이의 무해한 웃음에 도연도 슬며시 웃었다.

"그리고 조사관님들이요."

도연이 의아한 듯 바라봤다.

"도연 조사관님, 처음엔 제가 오해도 했어요. 근데 조사관님한테도 시간이 필요했던 거더라고요. 그동안 조사관님이 몰래 놓고 간 레몬스쿼시 잘 먹었습니다."

선이가 책상 위에 엎어져 고롱고롱 코를 골 때면 도연이 조용히 레몬스쿼시를 사 놓곤 했었다. 처음으로 단둘이 청국장집에서 점심을 먹고 나와 산책할 때 선이가 레몬스쿼시를 먹었던 걸 도연은 기억하고 있었다. 도연이 뭘 그런 걸로 인사까지 하냐며, 멋쩍게 피자를 집어 들자 선이가 피식 웃었다.

"조사가 유독 힘든 날에는 영신 조사관님이 밤에 전화해서 괜찮은지 물어요. 그 말을 들으면 해결되는 것도 없는데, 신기하게 진짜 조금은 괜찮아져요. 도연 조사관님도 제가 신경 쓰여서 이렇게 피자도 같이 먹어주잖아요. 주는 사람은 언제나 사소하다고 생각하는데 저는 사소한 게 더 크게 남더라고요. 큰 건 누구나 볼 수 있지만 사소한 건 관심이 있어야 보이니까. 빡쳐서 조사실 나올 때마다 퇴사하고 싶은데 조사관님들 때문에 못 나간다. 그러니까 내가 이렇게 사는 건 다 우리 조사관님들 때문이라고요!"

선이가 장난스럽게 말했다.

선이는 가끔 미술 전시회나 공연 예매 사이트를 문자로 보내며 같이 가자고 권했다. 근처에 식당이 개업하거나 맛있는 곳에 다녀오면 도연을 데려갔다. 도연뿐만 아니라 영신과 함께 가거나, 종종 동옥까지 넷이 함께 하기도 했다.

도연은 그런 선이가 신기했다. 도연 대신 워크숍이며 각종 행사에 다 참석하면서도 도연 앞에서 은근히 눈치 주는 일도 없었다. 그것마저 자신의 일로 받아들인 사람 같았다. 그러면서도 힘들 때는 툴툴대기도 하고, 속 시원히 발길질도 하고, 어디 하나 꼬인 게 없는 사람이었다. 자기 자신으로 충만한, 그런 사람. 선이는 사람들이 다가온 만큼, 그리고 그보다 먼저 관계의 틈을 좁혀가는 사람이었다.

도연은 그제야 알았다. 누군가를 받아들일 줄 아는 선이

덕분에 두 사람이 이렇게 마주 보고 앉을 수 있었다는 걸. 자신이 선이를 생각해 레스토랑에 데려온 게 아니라 선이의 마음이 쌓여 자신이 이렇게 행동할 수 있었다는 걸.

선이와 헤어져 집으로 돌아오는 길에 직장에서는 일적인 관계만 만들겠다고, 마음을 주지 않겠다고 다짐하게 했던 지원에게 처음으로 화가 났다.

#18

지원과의 재회

새로운 사건을 받아 조사 날짜를 정하고 소장 내용을 훑어볼 때까지도 알아차리지 못했다. 지원이라는 이름을 대기실에서 호명할 때까지도 이 지원이 그 지원이리라고 짐작하지 못했다. 도연은 입사 초반, 이지원이라는 이름을 단 사건을 만나면 주민등록번호부터 확인했다. 그렇게 몇 명의 이지원이 지나가는 동안 도연은 그 이름에도 조금씩 무뎌졌다.

지원은 조금 살이 쪘고 흰머리가 눈에 띄게 많아졌다. 도연은 짐짓 아무렇지 않아 보이는 지원을 일단 조사실로 안내했다.

"남편은 오늘 안 올 거예요. 본인이 이혼 요구하면서도 불편한 건 피하는 사람이니까요."

지원은 여유 있는 표정으로 말을 이었다.

"쌤 법원 들어갔다는 소식은 들었는데 내 이혼 사건으로 만나게 될 줄은 몰랐네요."

도연은 잠깐 틈을 두었다가 알아야 할 내용을 고지했다.

"실장님인 줄 알았다면 다른 조사관에게 넘겼을 거예요. 일단 실장님이 괜찮으신 것 같아 시작을 하긴 했지만, 조사관을 변경해서 날짜를 다시 잡을 수도 있어요. 조사 중에는 이혼 사건뿐만 아니라 개인적인 부분들도 확인해야 합니다. 이중 관계로 인해 실장님이든 실장님 남편이든 원하는 결정을 받지 못할 경우에 불공정하다고 느낄 수 있어요. 제가 변경해도 되고 실장님이 변경 신청을 해도 되는데 어떻게 하시겠어요?"

목소리가 조금 떨렸지만 전달할 내용은 모두 전했다. 지원은 집요할 만큼 도연의 얼굴을 유심히 보다가 허탈하게 웃었다.

"이 바닥 좁아서 언젠가 만날 거라고 예상했지만 이곳일지는 몰랐네."

대꾸할 말을 찾지 못해 기다리는 동안 지원이 아이 씨, 작게 욕을 뱉었다.

"어떻게 가장 비루하고 초라한 시기에 딱 마주 치냐? 이게 인생이에요. 그죠?"

손으로 마른 얼굴을 비비다가 입을 열었다.

"쌤이 퇴사하고 이직하는 동안 나에게도 많은 일이 있었어요. 다 별로인 일뿐이었지만."

지원은 생각에 잠긴 듯 말이 조금 느려졌고 도연은 지원의 다음 말을 기다렸다.

"개인 병원에 있다가 어느 정도 규모가 갖춰진 곳에서 일하니까 욕심이 생기데요. 마침 나와 뜻이 잘 맞는 백도연도 있었죠. 심리실에서 다양한 것을 시도하며 개인과 집단을 성장시키는 게 오랜 꿈이었어요. 마음은 급한데 쌤은 고집 센 말처럼 도무지 내 말을 듣지도 않고. 쌤의 상황이나 기질 때문이었겠지만 그때는 나를 의심하는 것 같았어요."

지원은 눈은 웃고 입는 우는 것 같은 표정으로 말을 이었다.

"고지가 바로 코앞인데 쌤이 내 다리를 턱턱 잘라내니 얼마나 화가 나요? 쌤이 나를 의심하는 것도, 내가 믿었던 쌤이 나를 따르지 않는 것도 다 화가 나더라. 내 생각과 목표가 옳다고 생각했으니까 일이 어그러지는 건 모두 쌤 탓으로 돌렸어요."

도연은 지원의 말이 끝난 후에도 입을 열지 못해 가만히 지원을 보았다. 당시 도연은 지원을 탓하거나 미워하지 못해서 힘들었다. 그래서 모두에게 좋은 사람이어도 자신에게 나쁘면 나쁜 사람이라는 당연한 말도 받아들이지 못했다.

"그때 실장님이 옳다고 생각하진 않았지만 미워하지는 않았어요. 그래서 저를 더 미워했죠. 스스로 뭘 잘못했는지 되짚으면서요. 실장님은 저의 이상 같은 거였어요. 어쩌면 저는, 언젠가 결국… 실장님이 저를 구원해줄 수 있지 않을까, 그렇게 생각했던 거 같아요."

도연은 구원이라는 단어를 입 밖으로 내고 나니 나직하게 실소가 흘렀다.

"이제는 그게 터무니없는 기대였다는 걸 알지만요."

도연의 말에 지원이 작게 웃었다. 지금 눈앞에 있는 지원이 아주 먼 곳에 있는 섬처럼 보였다. 지원을 닮고 싶다고 생각하던 때가 있었다. 그러나 더는 누군가를 지향하지 않아서 도연은 조금씩 더 나은 자신을 만들기 위해 애쓰는 수밖에 없었다.

지원은 블랙박스와 핸드폰으로 남편의 외도 증거를 확보해두었지만 지금은 이혼을 원하지 않는다고 했다. 그녀는 자리에서 일어나 한 곳을 향해 천천히 걸음을 옮겼다.

"행운목에 꽃 폈네. 좋은 일이 있으려나?"

그렇게 혼잣말을 하고 조사실을 나갔다. 도연은 지원이 멈추었던 자리에 그대로 서서 화분을 내려다보았다. 작은 꽃잎이 토끼풀처럼 작게 피어나고 있었다. 습관처럼 물을 주면서도 제대로 본 적이 없었지만 생명은 작은 관심 속에서 어떻게든 자라고 있었다.

좋은 일이 있으려나, 지원의 말을 되뇌다가 그랬으면 좋겠다, 라고 덧붙였다. 좋은 일이 무엇인지도 모르면서. 꽃이 피었는지도, 행운목의 꽃이 어떤 의미인지도 모르면서 조금 간절하게 바랐다.

#19

너무 가까워 보이지 않는 것들

"너는 한다면 진짜 하는구나."

도연은 언젠가 만호의 눈을 찌를 거라던 시재의 얼굴이 스쳤다. 시재는 눈이 슬퍼 보인다며 다른 직원에게 들이대는 만호의 눈을 기어코 찔렀다. 만호는 그 자리에서 팔짝팔짝 뛰며 고소할 거라고 소리 질렀지만 사장의 중재로 문제는 적당히 해결되었다.

"딱히 계획한 건 아닌데, 손이 머리를 거치지 않고 그냥 나가는 바람에…."

시재가 묘한 표정으로 웃었다.

시재는 언니가 취업하여 다음 달부터 함께 살기로 했으니 언니가 오기 전에 대접하겠다며 도연을 집으로 초대했다.

"장담하는데요. 각자 갈 길 가려면 집이 좁다고 불평하는 것보다 언니랑 대판 싸우는 게 더 빠를걸요? 이런 곳에서 둘이 사는데 안 싸우고 배기겠어? 간디와 마더 테레사여도 싸울걸? 아! 남자와 여자면 다르려나? 아무튼 평화의 날은 3일 정도 예상합니다."

시재의 방은 일말의 사생활도 보장받을 수 없는, 일거수일투족이 관찰되는 구조였다. 시재는 식탁 위에 방금 배달된 빨간 닭발과 계란찜, 쌈무를 차례로 놓고 냉장고에서 맥주 두 캔을 꺼냈다. 시재는 한참 분주하게 움직이며 모양과 크기가 다른 유리잔 두 개를 찾아내어 맥주를 가득 따르고 보기만 해도 매운 닭발을 집어 먹었다.

"언니랑 사이는 어때?"

도연이 맥주잔을 비우고 물었다.

"자매들 다 비슷하지 않아요? 어릴 때는 괜히 서로 괴롭히고 청소년기에는 자기 옷 입는다는 걸로 싸우고. 우리 언니가 친구들과 있을 때는 전투력이 제로에 수렴하거든요. 다른 사람들에게 발휘해야 하는 전투력까지 끌어올려서 나랑 목숨 걸고 싸워요. 언니한테 맞아서 쌍코피 난 적도 있어요. 외할머니랑 엄마가 싸우거나 엄마랑 새아빠가 싸워서 집 안 분위기가 흉흉하면 세상에서 그렇게 애틋한 자매가 없다가도 가족들이 휴전하면 우리끼리 전쟁이 시작됐죠. 그래서 우리 집은 언제나 전쟁터일 수밖에 없었어요. 언니 집은 안 그래요?"

도연은 언니와의 다툼을 상기해봤지만 실패했다. 싸울 수 없었던 이유는 전적으로 언니에게 있었다. 언니의 립스틱을 몰래 바르고 등교를 했을 때에도, 언니의 새하얀 니트에 떡볶이 양념을 묻혀 왔을 때에도 언니는 잠시 숨을 고르고 괜찮아, 다음에는 조심해줘 그랬다. 내 물건에 손대지마, 가 아니라.

도연은 무심한 언니의 반응에 괜히 약이 올랐다. 언니가 아끼는 책에 볼펜으로 밑줄을 긋거나 언니가 좋아하는 과일만 골라 먹으며 언니의 반응을 살폈지만 늘 기대보다 싱거워 심술이 났다. 그렇게 무던했던 언니도 도연이 친구와 노느라 학원을 빠졌을 때나 엄마의 전화를 일부러 받지 않고 밤 11시가 넘어 집에 돌아왔을 때에는 엄한 목소리로 엄마에게 걱정을 끼치지 말라고 했다. 한창 사춘기 무렵, 엄마나 아빠의 잔소리에 짜증이 가득한 도연을 지켜보던 언니는 도연이 가지고 싶어 했던 그립톡과 함께 쪽지를 책상 위에 올려두었다. 도연아, 가족은 가장 편안한 사람이지. 늘 너의 편이니까. 그래서 소중한 거야. 뾰로통한 표정으로 쪽지를 보다가 반으로 접어 일기장 뒤편에 꽂아두었다.

"…이자카야에 처음 갔던 날, 언니 기일이었어. 시간이 흘러서 감정이 조금 옅어지다가도 언니 기일만 되면 모든 게 다시 원점이더라. 그래서 그날 본가에 안 갔는데 집에 있어도 마음이 이리저리 흔들려서 갈피를 못 잡겠고 뭘 해야 할지도 몰라서 무작정 집을 나왔어. 그때 네 생각이 났고 가게 이름도 잊지 못하게 아주 기가 막히게 잘 지어놔서 검색해서 간 거야."

조금씩 거품이 꺼져가는 유리잔을 들었다가 지금은 괜찮냐는 시재의 말에 잠시 생각했다.

"그걸 모르겠다. 괜찮아지고 있는지 아닌지 헷갈리는데 괜찮아져도 되는 건가 싶은 마음도 있어. 얼마 전까지만 해도 가족 얘기 하는 게 공포였는데 이렇게 말할 수 있게 된 거 보면 괜찮아진 것 같기도 하고."

"그런 사람이 맨날 남의 가정사를 듣고 있네."

시재의 가벼운 말에 푸핫! 웃음이 터졌고 한번 터진 웃음은 멈추지 않았다.

"술버릇 독특하네. 술 마시면 웃음 버튼이 아무 데나 막 눌리는구먼? 닭발 매워. 여기 밥이랑 같이 먹어요."

도연이 밥공기를 밀어내자 시재는 반 공기를 덜어 도연 앞에 두었다.

"저 대학 가려고요. 그래서 알바는 그만뒀어요. 내 귀가 남들보다 커서 누구든 말하고 싶어 하니까 이왕이면 돈 받고 들을 거야. 대학 가기엔 좀 늦은 것 같지만 2년 정도는 내가 또 금방 따라잡지. 심리학 할 거예요. 아빠가 학원비랑 등록금 준대서 그동안 못한 아빠 역할 몰아서 할 기회를 줬다."

"잘했네. 가족들 사정 생각하지 말고 너 하고 싶은 걸 먼저 생각해. 네가 잘 사는 게 가족을 지키는 거야."

도연은 시재의 가늘어진 눈을 한참 동안 바라보았다. 그러고는 언니의 핸드폰에서 전송되지 않은, 메모장에 적혀 있던 글을 떠올렸다.

이제 그만하고 싶다. 병원 일도 가족도 너무 버겁다.

언니는 이렇게 짧은 문장 하나도 누구에게 전하지 못하고 핸드폰 안에 가둬두었다. 메모를 처음 발견한 날, 언니의 진짜 모습을 처음 마주한 것 같았다. 늘 배려하면서 챙기는 게 언니의 보람인 줄 알았는데 착각이었다. 켜켜이 쌓인 무게감이 언니를 납작하게 눌러 언니는 산산이 부서졌다. 언니는 무엇이 그렇게 두려웠을까. 힘들다는 말을 참으면서까지 언니에게 남은 것은 무엇이었을까. 소중했던 건 아무것도 지키지 못했는데. 언니에게 가장 소중한 건 자기 자신이어야 했다는 것도 몰랐으니 어쩌면 언니는 어떤 것도 확신할 수 없었던 게 아닐까. 그러다 결국 다 의미가 없어져버린 건 아닐까.

얼마 전 도연은 오랜만에 언니 꿈을 꾸었다. 도연을 꼭 안고 있어서 언니의 얼굴은 보지 못했지만 언니의 가슴에 한참 머리를 묻은 것으로도 충분히 괜찮았다. 나를 지켜줘, 도연의 말에 언니는 도연의 등을 토닥이며 고개를 끄덕였고 또 만나자는 말에는 대답하지 않았다. 꿈에서조차 도연은 자신의 안위만을 바랐고, 언니는 지키지 못할 약속 같은 건 하지 않았다. 그게 도연은 서러웠고 슬펐고 미안했다.

"언니, 참지 말고 울어요."

시재의 말에 도연은 코끝이 시큰해져 눈에 힘을 주고 아랫입술을 깨물었다. 그 순간, 습관처럼 입술을 물던 언니가 생각나 도연은 그만 힘이 탁 풀려버렸다. 울음이 걷잡을 수 없이 터져 나왔다. 조금의 슬픔도, 힘듦도 새어나가지 않기 위해 언니가 늘 애쓰고 있었다는 걸, 그렇게 단순하고 사소한 사인조차 알아차리지 못했다는 걸 견딜 수가 없었다.

가족이 가장 소중했던 언니는 가족들에게 가장 큰 아픔과 죄책감을 남기고 떠났다. 미워할 수도 없게, 원망할 수도 없게, 왜 그랬냐고 물을 수도 없게, 모든 걸 혼자 다 짊어진 채로.

한참 울음을 토해내는 동안 시재는 도연의 어깨를 가만히 토닥였다. 도연은 시재의 집을 나와 큰길을 따라 걸었다. 매일 자신과 상관없는 이들의 이야기를 몇 시간이고 듣는 게 도연의 일이었지만, 생의 어느 구간에서는 그들의 이야기에 감정이 이입되곤 했다. 삶은 다양하지만 또 대체로 비슷하니까. 어떤 사람들은 자신의 이야기를 이렇게 해본 적이 없다고, 들어줘서 고맙다고 했다. 도연은 그런 인사를 받을 때마다 사람들은 어디까지 외로운 걸까 생각했다. 도연 역시 선뜻 자기 이야기를 하지 못하는 건 마찬가지라 스스로 어디까지 외로운 건지 짚어보았다.

생각의 끝에는 늘 언니가 있었다.

괜찮은 것 말고, 괜찮지 않은 것들, 그런 것들을 이야기하자고. 징징대고 싶은 것, 힘든 것, 견딜 수 없는 것, 더는 감당할 수 없는 것, 무엇이든 입 밖으로 나오면 그만큼은 가벼워지지 않았을까, 비워진 크기만큼 언니의 선택이 늦어지지는 않았을까 하는. 그러나 도연은 여전히 아빠의 이야기도, 엄마의 이야기도 충분히 담지 못했다. 누군가의 인생을 끊임없이 들어야 하는 일이, 매일 후회를 하면서도 달라지지 않는 도연에게 내려진 형벌 같았다.

#20

마침내, 안녕

우진과 함께 카페에 들어서자 차가운 공기가 한꺼번에 들이쳐 금세 땀이 말랐다. 커피를 주문하고 밖이 훤히 보이는 창가에 나란히 앉았다.

"저기 바닥에 저 꽃들 보여요? 능소화. 내가 좋아하는 꽃이에요. 이름도 멋있죠? 업신여길 능, 하늘 소. 나뭇가지가 벽을 타고 하늘을 향해 뻗어가는 모습 때문에 붙여진 이름이래요. 사실 좋아하는 진짜 이유는 좀 유치한데…. 능소화가 떨어져 있는 걸 보면 꼭 오렌지 맛 하드 같거든요. 그게 여름하고 기가 막히게 어울려요."

우진은 바닥에 아무렇게나 쏟아진 것 같은 짙은 주황색 꽃을 가리켰다.

"우리 언니랑 똑같네."

도연은 심상하게 말하고 떨어진 능소화를 보았다.

"언니를 보고 있으면 가만히 누워서도 여름이 오는 중이구나 했어요. 여름이 시작되면 언니는 내가 학교 끝나고 돌아오는 걸 기다렸다가 집 근처 골목을 같이 걷자고 했는데, 그 골목길에 능소화가 유난히 근사하게 피어 있었어요. 언니는 바닥에 떨어진 능소화 앞에 쪼그리고 앉아서 꼭 애들이 먹다가 떨어뜨린 아이스크림 같다고 그랬어요. 나도 언니 옆에 같이 붙어 앉아서 이건 한 시간 전에, 이건 어제 하면서 잎이 떨어진 시간을 세어보곤 했어요. 저한테 그런 언니가 있었어요."

도연은 창밖 풍경만 바라봤다. 우진의 시선을 느꼈지만 고개를 돌릴 수가 없었다.

"언니는 좋아하는 계절을 말한 적은 없지만 누가 봐도 초여름을 좋아하는 사람이었어요. 추위를 많이 타서 늦가을부터 겨울을 걱정하며 다른 사람들보다 일찍 패딩을 꺼내 입고, 한여름에는 덥다는 말보다 에어컨 바람 때문에 춥다는 말을 더 많이 했어요. 그러면서도 또 봄을 타서 겨울이 끝날 무렵부터 조금씩 우울해했고요. 가을이 오면 겨울을 걱정하느라 즐기지도 못했으니 언니는 사계절이 다 힘든 사람이었네요. 유독 여름만 되면 입맛이 없어지길래 그냥 더워서 그런 거라고 생각했는데, 그게 언니 때문이라는 걸 뒤늦게 알았어요."

6월이 되면 언니는 도연에게 함께 자전거를 타자고 했다. 언니의 꼬임에 마지못해 일어나서 옷을 주섬주섬 챙겨 입고 구석에 두었던 자전거를 꺼내서 지칠 때까지 달렸다. 강을 끼고 공원을 크게 몇 바퀴 돌고 나면 근처에 자전거를 묶어두고 강바람을 맞으면서 언니와 같이 걸었다. 봄과 여름 사이의 그 짧은 순간을 그냥 흘려보낼 수 없다는 듯 언니는 동네 구석구석을 누비면서 계절의 변화들을 발견했다. 꽃과 나무가 가득한 초여름의 공원에는 촉촉하고 달콤한 향기가 났다. 마치 봄이 남긴 선물 같았다.

그 모든 여름날의 향기가 스쳤다. 언니의 냄새가 났다.

×××

"저 입사 이후로 전국법원 체육대회 올 출석인 거 알아요?"

선이는 믿을 수 없다는 표정으로 테이블 위에 식판을 내려놓았다. 신규라는 이유로, 때로는 이런저런 명분으로 참석해야 했지만 이 사무관과 동옥이 차례로 전출되고 최근 은지가 입사하면서 팀 분위기도 많이 달라졌다. 이제는 누구도 후배라는 이유로 행사 참석을 강요하지 않았다. 올해 열릴 전국법원 체육대회는 제비뽑기로 정했다.

"체육대회 생각하니까 기운이 쭉 빠져서 숟가락도 못 들겠다."

선이는 젓가락으로 밥알을 집어 먹었고 사정을 알 리 없는 은지는 매번 뽑기 할 때마다 걸린 거냐고 해맑게 물었다.

"은지 조사관님이 좋은 시기에 입사한 거예요. 우리 때는 제비뽑기가 어디 있어. 선배들이 가라고 하면 가는 거지. 막내라고 온갖 행사 다 참석했어요."

선이가 목소리를 높였다. 도연이 선이를 물끄러미 쳐다봤다.

"선이 조사관님이 저 때문에 고생을 좀 많이 했죠."

도연의 말에 선이가 슬쩍 입을 다물었다.

"그런데 두 분 동기잖아요. 그런데 왜 선이 조사관님만?"

은지가 도연과 선이를 번갈아 보았다.

"도연 조사관님이 예전에 대단했거든. 다크 아우라가 딱! 같은 공간에 있는데도 섬에 혼자 떨어진 것처럼 결계가 딱! 조사관들 상종도 안 했다니까요?"

영신의 과장된 말에 도연은 조금 민망해졌다. 도연의 반응이 재미있다는 듯 영신은 목소리를 더 높였다.

"제가 참석 안 해서 나쁜 평가를 받게 된다면 그것도 제가 책임지겠습니다, 그랬다니까요. 그래서 선이 조사관님이 독박을…."

영신은 과장이 아니라고 강조했고 선이는 웃었다.

"혹시 예전에 도연 조사관님이 사무관님이랑 맞짱 떴다는 소문도 사실이에요?"

은지의 눈이 동그래졌다.

"사무관님은 나한테 직접 말한 적도 없는데 무슨 맞짱을 떠요. 가짜 뉴스가 이렇게 무섭다니까."

도연이 작게 발끈했다.

"직접 말한 적은 없지만 건네 들은 얘기도 칼 차단한 건 맞지 뭐. 그때 선배들이 뒤로 빠져서 하나도 못 도와준 것도 맞고."

영신이 동의했다.

"예전에 어떤 모습이었는지 너무 궁금하다."

은지의 말에 영신이 다시 끼어들었다.

"예전에는 이분 밥 먹으면서 말도 한마디 안 했는데, 이렇게 우리와 겸상하며 말을 받아주는 것만으로도 엄청난 변화 아니야?"

"그때는 사적인 얘기들을 주고받는 게 좀 낯설었어요. 눈에 보이는 모든 게 다 먹잇감이 되는 것 같기도 했고. 어쩌다 한마디 섞고 나면 밥을 반도 못 먹어서 허겁지겁 먹어치우기 바빴다고요."

도연이 억울한 듯 말했다.

"맞아. 이해 안 되는 게 백만 개였죠. 거기서 각자 자신이 감당할 수 있는 선에서 선택했던 거고. 그런데 나는 왜 또 뽑기에서 동그라미를 선택하냐고!"

선이가 작게 절규했다.

오후 조사를 마치고 사무실로 돌아오자 조사관들이 모여서 심각한 표정으로 이야기를 나누고 있었다. 동옥이 다시 돌아올지도 모른다고 선이가 작은 목소리로 알려주었다. 동옥은 새로운 곳에 적응하지 못해 다시 전출 희망서를 제출했다.

"자기가 대장해야 되는데 굴러온 돌이 그렇게 되나? 얼마 전에 전화 와서 요즘 우리 법원 분위기 어떤지 묻던데, 돌아오려고 그랬나 봐요."

"지금 우리 팀 분위기 좋은데 동옥 조사관님이 와서 예전처럼 되면 어떡해요?"

영신의 말에 선이가 불안한 듯 물었다.

"예전처럼 될 수 없어요. 동옥 조사관님이 예전과 같은 모습이어도 우리가 그때와 다른데 어떻게 예전으로 돌아가요?"

선이는 도연의 말에 동의하면서도 정말 그럴 수 있을지 믿지 못하는 눈치였다. 영신도 매번 이맘때면 흉흉한 소문들이 돌았지만 소문이 정확했던 적은 별로 없었으니 미리 걱정하지 말자고 담담하게 말했다. 어차피 걱정을 해도 닥칠 일은 닥치니 그때 걱정해도 늦지 않았다.

사람은 변하지 않는다는 말을 도연은 오래전부터 믿지 않았다. 변하지 않는 게 변하는 것보다 더 어렵다고 생각했다. 다만 좋은 쪽일지, 나쁜 쪽일지 선택의 문제일 뿐이었다. 좋은 방향으로 키를 맞춰두지 않으면 더 쉽고 편안한 나쁜 방향으로 이끌려갔다. 매일 어떤 모습으로 사는지, 곁에 어떤 사람을 두는지에 따라 삶의 모양도 조금씩 달라졌다. 그래서 최소한의 방향을 잃지 않기 위해 끊임없이 대안을 찾는 게 인생의 미션 같았다. 남아 있는 이들도, 동옥도 예전과 같지는 않을 것이다. 또 한 시절이 지나고 있었다.

×××

어둑해진 퇴근길에 망설이다 핸드폰을 들었다. 얼마 지나지 않아 우진이 청바지에 티셔츠 차림으로 작은 닭볶음탕 가게 앞에 나타났다. 우진은 맥주병을 오프너로 열고 두 잔을 가득 채워 도연과 자신 앞에 놓았다. 모든 과정이 자연스러워서 몇 번이고 이렇게 만나 똑같은 방식으로 밥을 먹고 술을 마신 것 같았다. 우진은 맥주를 조금 마시고 캬! 소리를 내며 잔을 내려놓았다.

"생각해봤는데요. 우리가 서로에게 치료자가 되어주면 어떨까요? 선생님은 나와 밥 먹고 나는 선생님과 술 마시면서요. 일종의 노출 치료죠. 무리하지 말고 조금씩 해봐요. 서로의 이야기로 각자의 아픔을 조금씩 덮으면서, 백도연과 김우진의 쌀과 술의 역사를 새로 쓰는 거예요. 거기엔 슬픔만 있지 않게, 기쁨과 즐거움과 행복이 군데군데 끼어 있게."

조용하고 단단한 우진의 목소리가 소란한 틈에도 선명하게 내려앉았다. 도연은 천천히 맥주잔을 비웠다.

"시간이 아주 오래 걸릴지도 몰라요. 저는 그런 사람이거든요. 그러니까 선생님이 저를 좀 도와주세요."

우진은 천천히 고개를 끄덕였다.

"우리는 지금도 뭔가가 되기 위해 노력하는 중이겠죠?"

도연이 답을 구하듯 우진을 보았다.

"백 선생님은 뭐가 되고 싶어요? 자꾸자꾸 자라서 어떤 사람이 되고 싶은 거예요?"

우진의 질문에 도연은 한참 동안 생각했다.

"원래 나는 평온한 사람이고 싶었어요. 중심을 아주 잘 잡아서 무엇에도 흔들리지 않는 사람. 그런데 평온함을 유지하려면 싸움꾼이 되어야 하더라고요. 싸움이라고 해봐야 방패나 휘두르는 일이었지만. 근데 그게 너무 피곤해서 이제 그만하고 싶어요."

"그러면?"

"그냥 일희일비하려고요. 기쁘면 기뻐하고 슬프면 슬퍼하고 화가 나면 화를 내고. 내 주변에 일어나는 일들을 그냥 받아들이기로 했어요."

우진은 은은한 눈빛으로 도연을 보았다.

"그럼 도움 청하는 연습을 좀 해요. 무거운 건 같이 들자고 하고, 휘청일 때는 팔도 좀 빌려달라고 하고."

"도움 받으면 돌려줘야 하는 게 번거로워요. 제때 돌려주지 않으면 그것대로 불편하고요."

"때로는 도와주고 싶어 하는 사람들의 마음을 받아주는 것도 필요해요. 그게 선의든, 뭐든. 그 안에 어떤 기대가 있건 그건 그 사람의 몫이죠."

도연의 마음속 깊은 곳에 따듯한 기운이 닿는 듯했다.

놀이터 한구석에서 소희가 손을 모래 속에 숨겨두고 까르르 숨넘어갈 듯 웃고 있었다. 소희의 웃음소리는 쉽게 전

염되어 같이 웃게 만들었다.

"소희야, 이제 그만하고 집에 가야지."

우진을 발견한 소희가 한달음에 달려와 안겼다. 소희를 번쩍 안아 올린 우진은 천천히 화장실로 향했다. 잠시 후 우진과 소희는 씻은 손을 바지춤에 쓱쓱 닦으며 화장실에서 나왔다. 우진이 허리를 숙여 소희에게 귓속말을 하자 소희는 할머니를 향해 힘껏 달렸다.

"세상에서 제일 귀여워. 할머니가 아이스크림 사 줄 거라는 말에 세상 다 가진 표정으로 뛰어가잖아요."

도연은 우진과 나란히 앉아 오렌지색과 붉은색, 보라색이 천천히 섞이는 하늘을 보았다.

"이 자리, 석사 논문 밀려서 억울해하면서 울었던 곳이에요. 지금 생각하면 아무것도 아닌데 그때는 뭐 그렇게 큰일이라고 세상 무너지듯 울었나 싶네."

"어떤 일이든 지나고 보면 별것 아닌 것처럼 작아 보이잖아요. 당장 눈앞의 일들은 나를 삼켜버릴 것처럼 크게 보이기 마련이고요. 그때 민 교수님 말씀도 그런 게 아니었을까 싶네요."

우진이 도연을 돌아보며 말했다. 도연은 민 교수의 말이 맴돌았다. 지도는 영토가 아니라던 말. 도연은 어렴풋이 그 의미에 닿을 것 같았다. 인간은 자신의 발아래 땅을 알지 못한다. 하루하루 땅에 발을 딛고 살더라도 발을 떼고 조금 더 높은 곳에 올라가야 전체적인 형태가 보인다. 진짜 땅의 모습이. 눈앞의 일에 압도당하면 지도를 살펴볼 여유를 잃게 되지만, 지도에만 집중하다 보면 근경의 아름다움을 놓치게 된다. 삶은 그렇게 마음의 조리개를 열었다 닫았다 하며 초점을 옮겨가는 일이 아닐까. 도연은 오늘의 할 일을 모두 마치고 저물어가는 일몰을 우진과 오래도록 보았다.

마침내, 안녕

초판 1쇄 발행 2025년 5월 26일
초판 5쇄 발행 2025년 6월 26일

지은이 유월

대표 장선희 **총괄** 이영철
책임편집 현미나 **기획편집** 정시아, 안미성, 오향림
책임 디자인 이승은 **디자인** 양혜민
마케팅 김성현, 유효주, 이은진, 박예은
경영관리 전선애

펴낸곳 서사원 **출판등록** 제2023-000199호
주소 서울시 마포구 성암로 330 DMC첨단산업센터 713호
전화 02-898-8778 **팩스** 02-6008-1673 **이메일** cr@seosawon.com

홈페이지   **인스타그램**

ⓒ 유월, 2025

ISBN 979-11-6822-398-1 03810

- 이 책은 저작권법에 따라 보호를 받는 저작물이므로 무단 전재와 무단 복제를 금지합니다.
- 이 책 내용의 전부 또는 일부를 이용하려면 반드시 저작권자와 서사원 주식회사의 서면 동의를 받아야 합니다.
- 잘못된 책은 구입하신 서점에서 바꿔 드립니다.   • 책값은 뒤표지에 있습니다.

서사원은 독자 여러분의 책에 관한 아이디어와 원고 투고를 설레는 마음으로 기다리고 있습니다.
책으로 엮기를 원하는 아이디어가 있는 분은 서사원 홈페이지의 '출간 문의'로
원고와 출간 기획서를 보내주세요. 고민을 멈추고 실행해보세요. 꿈이 이루어집니다.